KB036962

검은 고양이 카페

KURONEKOOJI NO KISSATEN_OKYAKUSAMA WA NEKOSAMADESU

Copyright © Yuta Takahashi 2017
First published in Japan in 2017 by KADOKAWA CORPORATION, Tokyo.
Korean translation rights arranged with KADOKAWA CORPORATION, Tokyo.
Through Korea Copyright Center Inc.

이 책은 (주)한국저작권센터(KCC)를 통한 저작권자와의 독점계약으로
(주)태일소담에서 출간되었습니다. 저작권법에 의해 한국 내에서 보호를 받는 저작물이므로
무단전재와 복제를 금합니다.

검은 고양이 카페 손님은 고양이입니다

펴 낸 날 | 2019년 12월 17일 초판 1쇄

지 은 이 | 다카하시 유타
옮 긴 이 | 안소현
펴 낸 이 | 이태권

책임편집 | 최선경
책임미술 | 양보은
펴 낸 곳 | 소담출판사
　　　　　서울특별시 성북구 성북로66 3층 301호 (우)02835
　　　　　전화 | 02-745-8566　　팩스 | 02-747-3238
　　　　　등록번호 | 1979년 11월 14일 제2-42호
　　　　　e-mail | sodambooks@naver.com
　　　　　홈페이지 | www.dreamsodam.co.kr

ISBN　　　979-11-6027-162-1 03830

이 도서의 국립중앙도서관 출판시도서목록(CIP)은 서지정보유통지원시스템 홈페이지
(http://seoji.nl.go.kr)와 국가자료공동목록시스템(http://www.nl.go.kr/kolisnet)에서
이용하실 수 있습니다.(CIP제어번호: CIP2019027723)

• 책값은 뒤표지에 있습니다.
• 잘못된 책은 구입하신 곳에서 교환해드립니다.

검은
고양이
카페

손님은
고양이
입니다

다카하시 유타 지음

안소현 옮김

소담출판사

| 차례 |

**검은 고양이와
카페 드 폼**

·

7

**삼색 고양이와
커피 아마레토**

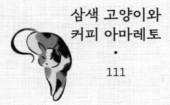

·

111

**러시안 블루와
블랙커피**

·

193

**처음과 끝과
마시멜로 커피**

·

299

옮긴이의 말

·

318

고양이 猫

좁은 의미에서 고양이란 [식육목>고양이아목
>고양잇과>고양이아과>고양이속>들고양이
종>집고양이아종]으로 분류되는 소형 포유류
집고양이(학명: Felis silvestris catus)를 일컫는다.
해가 질 무렵부터 사람으로 둔갑할 수 있지만,
진짜 사람과 피부가 닿으면 다시 고양이로 돌
아간다.
대부분 잘생겼다.

_《구루미피디아》 중에서

검은 고양이와
카페 드 폼

카페 드 폼 *Café de Pomme*

커피에 브랜디와 사과즙을 넣고
사과를 얇게 썰어 띄운 것이다.
향도 좋고 맛도 좋다.

1

지갑을 탈탈 털어보니 천 엔짜리 두 장과 동전 몇 개가 떨어졌다. 짤랑, 짤랑 공허한 소리가 울려 퍼졌다.

다세대 주택에 있는 테이블 위에 쭉 늘어놓았더니 이천오백 엔이 채 되지 않았다. 방 안을 구석구석 다 뒤져도 이것밖에 나오지 않았다. 수중에 있는 전 재산이다.

"……큰일 났네."

마시타 구루미는 하나 마나 한 소리를 중얼거렸다.

이천오백 엔의 가치는 나이와 상황에 따라 다르게 느껴질 것이다. 초등학생이라면 이 정도면 충분하다고 생각할 테고 월급날이 내일인 회사원이라면 피식 웃어버리고 말지도 모른다.

하지만 구루미는 초등학생도 회사원도 아니다. 두 달 뒤에는 스물여덟 살이 된다. 서른 살을 코앞에 두고 있다. 덧붙이자면 구루미는 독신이다. 사이타마 현 가와고에 시에 있는 다세대 주택에 혼자 살고 있다. 가볍게 웃어넘길 만한 나이와 상황이 아닌 것이다.

은행에 가면 아마도 돈이 조금 더 있을 것이다. 우는소리가 아니라 말 그대로 '조금 더' 있을 것이다. 전부 찾아도 천 엔짜리 몇 장과 동전 몇 개가 늘어날 뿐이다. 계좌에 만 엔은커녕 오천 엔도 채 들어 있지 않다.

요 며칠 동안 구루미는 생활비를 아끼려고 숙주 볶음과 낫토만 질리도록 먹고 있다. 덕분에 화장실에 잘 가서 피부가 아주 좋아졌지만 돈은 점점 줄어들고 있다. 스마트폰도 요금을 못 내서 정지되었다. 지난달 국민연금도 못 냈고 집세를 내야 하는 날이 바짝바짝 다가오고 있지만 돈 나올 구멍은 도무지 보이지 않는다.

구루미는 백수다. 그렇다고 계속 일을 하지 않은 것은 아니다. 이야기는 6개월 정도 전으로 거슬러 올라간다. 그 무렵 구루미는 출판사에서 계약직 직원으로 일하고 있었다.

이름만 대면 누구나 다 아는 유명 출판사다. 문학 작품뿐만 아니라 만화도 크게 히트시켰고 명작이라 불리는 영화까지 만들었다. 긴자 역에서 걸어서 갈 수 있는 거리에 거대한 본사 건물이 있고 다른 곳에도 건물 몇 채가 더 있다. 일본을 대표하는 대형 출판사라고 할 수 있다. 구루미는 정직원이 아니었지만 이름 있는 회사에서 일한다는 만족감이 있었다.

하지만 그 만족감은 한낱 신기루처럼 부질없는 것이었다. 구루미가 직장을 잃어버린 이유는 다음의 두 줄로 설명이 가능하다.

출판사가 어느 기업과 경영 통합을 했다.

경영 합리화라는 명분으로 직원들을 해고했다.

줄을 바꾸지 않는다면 한 줄로도 설명이 가능하다. 사업 형태나 경영 방침이 바뀌어서 계약직 직원이 잘리는 것은 비단 어제오늘 벌어지는 일은 아니다. 정직원 역시 이번에 정리해고를 당했다. 마흔 살이 넘은 정직원도 몇 명 잘렸다. 이십 대 계약직 직원인 구루미가 정리해고 당한 건 어쩌면 당연한 건지도 모른다.

하지만 출판사에 다니면서 이해할 수 없는 점도 있었다.

계약직 직원이 열심히 일한다고 모두 정직원이 되는 것은 아니었다는 점이다. 그런데 농땡이만 치던 여자 동료 계약직 직원은 해고당하지 않고 정직원이 되었다. 그 여자 직원이 야근이나 귀찮은 일을 구루미에게 떠맡긴 적은 한두 번이 아니었다. 적당히 게으름 피우는 요령 좋은 사람이 출판사에서 살아남았다.

아무튼 구루미는 하루아침에 일자리를 잃어버렸다. 유명 출판사에서 쫓겨난 것이다.

"수고했어."

그 한마디로 5년 동안 일했던 출판사와 인연이 뚝 끊어졌다. 덧붙이자면, 구루미에게 수고했다는 말을 건넨 사람은 하필이면 정직원으로 살아남은 요령 좋은 여자 동료 계약직 직원이었다. 다시 생각해도 화가 머리끝까지 치밀어 오른다.

퇴직금은 받았지만 계약직 직원이었던 탓에 액수는 참새 눈물만큼 적었다. 더구나 재취업 알선은커녕 송별회조차 해주지 않았다.

대부분의 직원은 구루미가 소리도 없이 사라졌다는 사실조차 알아차리지 못했을 것이다. 어쩌면 입사했던 것조차 기억하지 못할지도 모른다. 대형 출판사에서 구루미는 보잘것없는 존재였다. 구루미가 있든 없든 달라지는 게 아무것도 없다는 점에서 투명인간 같았다고도 할 수 있다.

보잘것없는 존재일지라도, 투명인간일지라도 삶은 계속된다. 구루미는 실업급여를 받으면서 새로운 일자리를 구하러 다녔다. 고용지원센터에도 다니고 인터넷 구인 광고도 샅샅이 살펴보았다. 심지어는 구인 잡지까지 사서 꼼꼼히 들여다보았다.

하지만 안타깝게도 구인 광고 자체가 드물었다. 아무리 세상이 달라졌다고는 하지만 갓 졸업한 사람이 구직활동을 하는 게 압도적으로 유리했다. 경력자를 모집하는 출판사도 있기는 하지만 그곳에서 말하는 경력자는 바로 책을 만들어 낼 만한 실력을 지닌 인재였다. 기껏해야 출판사에서 서류를 복사하고 차를 대접하고 우편물을 취급하던 구루미는 경력자로 인정받기 어렵다. 간절한 마음으로 출판사에 지원해도 번번이 서류 심사에서 탈락해서 면접조차 볼 수 없을 것이다.

출판업계에서 범위를 넓혀서 경력이 없는 사람을 환영하는 일자리도 알아보았다. 그런 사람을 구하는 곳이 있기는 하지만 대부분 계약직 직원이나 아르바이트 직원을 원했다. 단기간만 고용하는 조건이 대부분이고 급여도 아주 적었다. 그렇지만 일자리를 구하지 않으면 생활을 해나갈 수가 없다.

"집세를 내야 하는데……."

구루미는 다시 혼잣말을 했다. 집세뿐만이 아니다. 국민연금과 국민건강보험료, 전기요금, 수도요금, 인터넷 요금도 내야 한다. 실업급여는 이번 달까지 받으면 끝난다. 그러면 이제 구루미는 수입이 하나도 없게 된다. 이대로 가다가는 다세대 주택에서 쫓겨날 판이다. 심지어는 계약금마저 건지지 못할지도 모른다.

"어쩌다가 이런 꼴이 됐지."

구루미는 울고 싶은 심정이었다. 돈을 함부로 쓴 적도 없고 일을 게을리 하지도 않았다. 학창 시절 성적도 그다지 나쁘지 않았다. 남들처럼 평범하게 살아갈 수 있었을 텐데 어쩌다 노숙자가 되기 직전의 벼랑 끝 상황까지 내몰리게 되었을까.

어디서부터 길을 잘못 들었는지 모르겠다. 앞으로 나는 어떻게 될까?

아무리 노력해도 평범한 인생으로 다시 돌아가기는 어려울 거라는 느낌이 들었다.

막막하다.

이제 다 끝났다.

그런 말이 머릿속에 맴돌았다. 눈앞이 캄캄해졌다. 그러더니 명치 언저리가 콕콕 쑤셨다. 컴퓨터 화면에 나와 있는 구직 사이트를 바라보는 것이 너무 괴롭다.

어깨 근육이 뭉치고 목덜미가 뻣뻣했다. 컴퓨터 화면을 줄곧 바라보고 있었던 탓에 뒷골마저 지끈지끈 쑤셨다.

숨이 턱 막히고 꼭 죽을 것만 같았다. 산소 결핍으로 헐떡거리는 금붕어의 심정이 절실히 이해가 갔다.

"공……공기가 무거워……."

도망치듯 집에서 뛰쳐나갔다. 그리고 신선한 공기를 들이마셨다.

2

구루미는 가와고에서 태어났다.

도쿄에 있는 대학교를 다녔지만 줄곧 가와고에서 살고 있다. 그야말로 가와고에 토박이다.

처음부터 구루미가 혼자 살았던 것은 아니다. 가와고에서 부모님과 셋이서 살았다.

구루미가 대학교를 졸업하던 해, 가와고에 시청에서 근무하던 아버지가 정년퇴직을 했다. 그리고 마치 아버지의 퇴직을 기다렸다는 듯이 시골에 사는 할아버지가 쓰러져서 얼마 뒤 돌아가셨다. 연로한 할머니를 혼자 둘 수가 없어서 아버지는 어머니와 함께 고향으로 돌아가서 연금으로 생활하고 있다.

그전까지 구루미와 부모님은 임대 아파트에서 함께 살았다. 그곳은 구루미 혼자 살기에는 너무 넓고 집세도 비싸서 적당한 크기와 가격의 다세대 주택을 빌려서 이사했다.

부모님은 혼자서 잘 살아갈 수 있겠냐고 몇 번이나 구루미에게 물었다. 그때마다 괜찮다고 대답했지만 실은 하나도 안 괜찮았다.

정리해고 당한 사실은 아직 부모님에게 알리지 않았다. 사정을 이야기하면 틀림없이 도와주겠지만 연금으로 생활하는 부모님에게 부담을 주고 싶지 않았기 때문이다.

어엿한 어른이라는 이유 말고도 일자리를 잃었다는 사실은 쉽게 말하기 어려웠다.

"이제 가정을 꾸리는 게 어떻겠니."

습관처럼 아버지는 말했다. 스물다섯 살이 넘은 다음부터 전화를 할 때마다 구루미에게 맞선을 보라고 권했다.

맞선이 싫은 건 아니다. 하지만 아직은 결혼 생각이 없다. 어느새 그런 말이 나오는 나이가 되어버렸나 싶어서 고개를 세차게 가로저어서 부정하고 싶어진다. 알지도 못하는 사이에 구루미는 어른이 되어버렸다.

세월은 사람을 기다려주지 않는다는 속담의 의미를 요즘 따라 절실히 깨닫고 있다. 한순간도 허투루 보내서는 안 된다.

아무튼 구루미는 직장을 구해서 돈을 벌어야 했다.

답답한 마음에 구루미는 바깥으로 나가서 산책을 하기로 했다.

가와고에는 '작은 에도*'라고 불리는 곳으로 산책하기 좋은 지역이다. 기분 전환하기 딱 좋은 산책로도 있다. 일자리를 잃은 사이에 어느덧 9월이 되었다. 입추가 지나고 여름휴가 시즌도 끝났다. 하지만 아직 바깥은 푹푹 찌고 잔뜩 찌푸린 하늘은 낮고 어두워 보였다. 가을이 오려면 아직도 먼 것 같았다.

비가 내릴지도 모른다고 생각하면서 다이쇼 로망 유메도리 상점가를 빠져나갔다. 구루미의 다세대 주택은 가와고에 상공회의소 근처에 있다.

잘 모르는 사람은 깜짝 놀라겠지만 상공회의소 건물은 관광명소 중에 하나다. 파르테논 신전을 연상시키는 건물로 국가에서 지정한 유형 문화재다. 대부분의 관광 안내서에도 게재되어 있어서 스마트폰이나 디지털카메라로 사진을 찍어서 돌아가는 관광객도 많다.

그 상공회의소 앞을 지나서 신가시가와 강으로 향했다. 현실 도피라는 것을 알면서도 발길이 향하는 곳으로 마음 내키는 대로 신가시가와 강을 따라 계속 걸어갔다.

---

* 에도는 도쿄의 옛 이름으로, 1603년에서 1867년까지 이어진 에도 막부(무사정권)의 중심지였다.

신가시가와 강 길을 따라 왕벚나무가 500미터 정도 쭉 심어져 있다. 4월 초순에는 연분홍빛 벚꽃이 흐드러지게 피어난다. 그때는 꽃구경을 하러 오는 관광객들로 발 디딜 틈 없는데 9월인 지금은 아무도 없다. 구루미는 다른 사람에게 신경 쓸 필요 없는 산책길을 한가롭게 거닐었다.

그렇게 산책을 하고 있는데 눈앞에 히카와 신사가 보이기 시작했다. 히카와 신사도 가와고에의 관광명소로 유명하다.

가와고에의 히카와 신사는 지금부터 약 1,500년 전 고훈시대였던 긴메이 덴노 2년에 만들어진 것으로 알려졌다. 히카와 신사는 '결연'으로 유명해서 요즘도 관광객의 발길이 끊이지 않는다.

결연이란 흔히 남녀의 인연을 이어주는 것을 의미한다. 고지엔 전자사전에도 남녀의 인연이라고 나와 있다.

구루미가 남녀의 인연에 흥미가 없는 것은 아니지만 지금은 그것보다 좀 더 이어지기 바라는 인연이 있다. 힘겨운 지금 이 순간 구루미는 신에게 기대고 싶은 마음뿐이었다. 입구에 세운 기둥 문을 지나서 신사에 들어갔다.

"일자리를 구하게 해주세요."

두 번 절하고 두 번 손뼉을 치고 두 번 또 절했다.

손바닥을 마주쳐서 소리를 내고 절을 하니까 갑자기 기분이 좋아졌다. 히카와 신사에 오면 마음이 깨끗해진다. 좋은 일이 일어날 것 같은 느낌이 든다. 단순하다고 할지 모르겠지만 긍정적으로 생각해야 한다. 서른 살을 코앞에 둔 여자 백수에게도 희망은 필요하다.

틀림없이 일자리를 찾을 것이다. 나는 괜찮다, 집세도 낼 수 있다, 스스로 다독이며 제단 앞에서 물러났다.

울창한 수호신의 숲을 바라보면서 경내에 졸졸졸 흐르는 시냇물 소리를 들었다. 그리고 히카와 신사 안에 있는 〈카페 인연〉을 들여다보았다. 이곳은 인연을 테마로 삼은 카페이다. 홈페이지에는 이런 소개 문구가 있다.

가와고에의 히카와 신사에는 '인연의 신'이 있습니다.
1,500년 동안 수많은 인연을 이어주고 지켜주고 있습니다.
'인연의 신'은 '만물을 낳는 신'을 의미합니다.
사람과 사람, 사람과 사물, 사물과 현상……각각이 만나면서
새로운 행복이 탄생합니다.

메뉴에는 행복이란 의미를 지닌 소용돌이 모양의 '인연 롤' 등 엄선된 디저트가 많이 있었다. 달콤한 디저트뿐만 아니라 런치

메뉴도 추천할 만한 카페다.

구루미는 수중에 가진 돈이 없어서 카페 안으로 들어가지는 못했다. 맛있어 보이는 케이크가 눈에 밟혔지만 어쩔 수 없이 히카와 신사를 떠났다. 가난은 서글프다. 배 안의 기생충도 분명 울고 있을 것이다.

구루미는 맛있어 보이는 케이크를 먹지 못했다. 그래도 가와고에의 아름다운 풍경은 계속된다. 히카와 신사 옆으로 흐르는 신가시가와 강둑에는 나무와 풀이 무성하고 고풍스러운 정취가 남아 있다. 히카와 신사가 가까이에 있기 때문인지 시대에 뒤떨어져 있다는 느낌보다는 시간의 흐름을 간직하고 있다는 생각이 들었다. 잔잔한 강물을 바라볼 때마다 구루미는 마음이 평온해진다. 예금통장을 볼 때는 마음이 불안한데 강물을 볼 때는 완전히 반대의 기분을 느끼게 된다.

냉혹한 현실에서 도피해 신가시가와 강을 하염없이 바라보는데 그곳과 어울리지 않는 물체가 구루미의 눈에 들어왔다.

"저런 곳에 택배 상자가……."

쇼핑몰에서 배송되는 친숙한 택배 상자였다. 쌀 10킬로그램이 들어갈 만한 크기로 낯익은 영문 로고가 보였다. 강 가운데 토사가 쌓여 있는 곳에 택배 상자가 걸려있듯이 놓여 있었다.

"왜 저런 곳에……."

운치 있는 풍경을 바라보던 평온한 마음이 한순간에 싹 사라져버렸다. 현실로 돌아오라고 구루미의 목덜미를 꽉 누르는 기분이었다.

느닷없이 신용카드 청구 금액이 머릿속에 떠올랐다. 지난달에 쌀과 휴지 등을 신용카드로 샀다. 커다란 액수는 아니었지만 수입이 없는 처지인데 말이다.

"괜찮아……. 하지만 자동이체로 나갈 것도 있는데……."

은행계좌의 잔액을 떠올리며 스스로 이해시키려고 애썼다. 이번 달은 괜찮다고 해도 다음 달 자동이체는 어떻게 해야 하나. 아무리 절약한다고 해도 이슬만 먹고 살아갈 수는 없다. 살아 있는 한 자동이체는 계속될 것이다.

생각에 잠겨 있는 구루미의 귀에 동물 울음소리가 들렸다.

"야옹."

응?

고양이?

가와고에에는 고양이가 많이 있어서 울음소리가 들리는 게 신기한 일은 아니었지만 묘한 방향에서 들려왔다. 바로 강 한가운데에서.

강 쪽으로 눈길을 돌리니 검은 고양이가 택배 상자 안에 들어 있는 것이 보였다.

"아니, 왜 저런 곳에?"

엉겁결에 중얼거렸지만 고양이가 택배 상자 안에 들어가는 것은 사실 종종 볼 수 있는 일이다. 고양이는 택배 상자나 가구 틈새를 굉장히 좋아한다. 강둑에 버려진 택배 상자 안에 들어가서 놀고 있는 사이에 상자가 강물에 어느새 휩쓸려갔는지도 모른다.

어쩌면 고양이를 택배 상자 안에 넣고 버렸을 가능성도 있다. 요즘 시대에 그런 짓을 할 사람이 있겠나 싶지만 세상에는 별의별 사람이 다 존재한다. 나쁜 마음을 품은 사람도 틀림없이 존재한다.

하지만 학대당한 건 아니라는 듯 검은 고양이는 건강해 보였다. 고개를 비죽비죽 내밀면서 구루미 쪽을 바라보고 있었다.

그렇지만 검은 고양이가 혼자서 강둑까지 헤엄쳐 돌아올 수는 없을 것이다. 어제 그저께 비가 많이 내려서 평소보다 강물이 불어나고 물살도 빨라졌기 때문이다.

뉴스에서는 태풍이 다가오고 있다고 보도했다. 태풍 탓에 날씨가 이런지도 모르겠다. 잔뜩 찌푸린 하늘이었다. 내버려 두었다가는 택배 상자 통째로 둥둥 떠내려갈 것 같다는 생각이 들었다. 강물에 빠져 허우적대는 고양이의 모습이 구루미의 머릿속에 그려졌다.

주위를 둘러보았지만 도와줄 사람은 아무도 없었다. 지나가는 사람도 없을 뿐만 아니라 자동차도 지나가지 않았다. 검은 고양이를 구할 수 있는 사람은 지금 구루미밖에 없다. 기분 전환을 하려고 산책을 나왔다가 졸지에 고양이의 운명을 책임질 처지에 놓였다.

"어떻게 이런 일이 생기지?"

투덜거려봤자 상황이 좋아지지는 않는다. 좋아지기는커녕 점점 더 나빠졌다. 후드득후드득 비가 내리기 시작했다.

"진짜 최악이다……."

구루미는 하늘을 쳐다봤다. 하늘이 새까매졌다.

지구 온난화 현상의 영향일까, 태풍의 영향일까, 요즘에는 비가 엄청 거세게 쏟아진다. 도로가 침수되거나 전철역이 물바다가 되는 사태까지 벌어진다.

그러다가 신가시가와 강이 범람할 수도 있을 것이다.

안 좋은 예감은 적중했다. 순식간에 비가 거세게 내리기 시작했다. 좍좍 비가 억수로 쏟아졌다. 마치 폭풍우 같았다.

우산을 가져오기는 했지만 별 도움이 되지 않았다. 이미 구루미의 어깨가 촉촉이 젖기 시작했다. 9월의 비는 미지근해서 불쾌하기까지 했다.

이대로 계속 서 있다가는 온몸이 푹 젖어버리고 말 것이다.

병원에 갈 돈도 없는데 감기에 걸리는 건 너무 바보 같다. 가난은 생존 게임이다. 작은 실수도 치명적이다. 백수가 되고 나서 구루미는 병에 걸리지 않고 여태까지 건강하게 잘 지냈다. 하지만 이렇게 비에 흠뻑 젖는 것은 위험하다. 몸져누워버리면 구직 활동이 어려워지기 때문이다.

"고양이를 구조해줄 상황이 아니라고."

스스로 타이르듯 말했지만 구루미는 발걸음을 뗄 수가 없었다.

검은 고양이에게 책임감을 느끼고 있었다. 책임감이 쓸데없이 많다는 소리는 일할 때도 종종 들었다. 하지만 엄밀하게 말하면 책임감이 강한 게 아니라 마음이 약한 것뿐이라고 생각한다. 아무튼 강물에 휩쓸려갈 위기에 처한 고양이를 그냥 내버려 두고 갈 수는 없다.

"나야말로 누가 구해줬으면."

구루미의 중얼거림은 빗소리에 파묻혀버렸다.

검은 고양이와 다시 눈이 마주쳤다. 그대로 돌아간다면 고양이가 꿈에 나타날 것 같다. 인터넷 쇼핑으로 물건을 구입할 때마다 택배 상자를 보면서 검은 고양이를 떠올릴 것 같은 느낌이 든다. 악몽은 출판사에서 해고당한 것으로 충분하다. 더는 스트레스를 받고 싶지 않다.

"어쩔 수 없네……."

처음부터 검은 고양이를 구해줘야 한다는 생각은 하고 있었다. 자신의 성격은 자신이 가장 잘 알고 있기 때문이다. 어렸을 때부터 구루미는 늘 손해만 보고 살았다. 귀찮은 일을 떠맡은 것은 이번이 처음이 아니었다.

'세 살 버릇 여든까지 간다.'

정말 싫어하는 속담이다. '바보는 죽지 않으면 고칠 수 없다'라는 말과 같은 정도로 짜증이 나는 속담이다.

끊임없이 쏟아지는 빗속을 헤치고 구루미는 강기슭으로 조심스럽게 내려갔다.

3

고양이를 구해주기로 결정했지만 우산을 쓴 채로 강기슭을 내려가기란 솔직히 쉽지 않았다. 세차게 내리는 비 탓에 시야도 별로 안 좋았다. 빗물이 인도에서 강기슭 쪽으로 콸콸 쏟아져 내려가고 있었다. 계단처럼 보이는 것도 이미 물에 잠겨 있었다.

"왜 이렇게 비가 많이 와!?"

불평을 하는 순간 구루미의 발이 쭉 미끄러졌다.

다행히 바닥까지 굴러 떨어지지는 않았지만 강기슭 중간에 머리가 탁 부딪혔다. 너무 아파서 눈물이 찔끔 날 것 같았다.

"도대체 내가 왜 이런 꼴로……."

주위를 둘러보았지만 몸을 기댈 곳이 마땅히 없었다. 신에게 버림받은 기분이 들었다. 울상을 지으면서 진흙투성이가 된 이마를 어루만지고 있는데 묘한 물체가 눈에 띄었다.

무릎 높이 정도의 작은 제단이었다. 그 안을 들여다보니 석상이 안에 들어 있었다. 마네키네코*와 비슷한 느낌의 고양이 석상으로 오른쪽 앞발을 들고 있었다.

태어나서 처음 본 석상이었다. 무성한 풀 사이에 묻어놓은 것처럼 강둑이나 강가 모래밭에서 안 보이도록 위치해 있었다. 마치 감춰 놓은 것처럼 보였다.

이렇게 방치되어 있었는데도 고양이 석상은 전혀 더러움이 타

• 앞발로 사람을 부르는 시늉을 하고 있는 고양이 장식물.

지 않았다. 이끼가 끼지도 않았고 진흙도 묻어 있지 않았다. 비를 맞고 있는 모습은 신성해보이기까지 했다.

"고양이 신……?"

중얼거리는 순간 주위의 시간이 멈춘 것 같은 기분이 들었다. 그리고 고양이 석상과 눈이 딱 마주쳤다.

"그럴 리가 없잖아!"

자신의 빰을 찰싹찰싹 두드리며 정신을 차리라고 중얼거렸다. 한가롭게 석상을 바라보고 있을 때가 아니다.

"고양이를 구해줘야 해!"

그러고 나서 구직활동도 계속해야 한다. 오랫동안 다닐 수 있는 직장을 구해야 한다.

"잘됐으면 좋겠다."

깊은 의미는 두지 않고 눈앞의 석상에 대고 조용히 기도했다. 그러자 마치 기다렸다는 듯이 어딘가에서 종소리가 울려 퍼졌다. 가와고에는 절과 신사의 고장이기도 해서 종소리가 울려 퍼지는 게 신기한 현상은 아니다.

그런데 종소리가 때애앵이 아니라 야옹으로 들리는 것은 틀림없이 기분 탓일 것이다. 비가 와서 그렇게 들리는 것일까.

종소리도 석상도 그만 잊기로 하고 구루미는 다시 강둑을 내려가기 시작했다.

구루미는 온갖 고생 끝에 가까스로 강가 모래밭에 도착했다.
하지만 그 대가는 참혹했다. 옷부터 신발까지 심지어는 속옷마
저 흠뻑 비에 젖어버렸다.

강둑에서 굴러 떨어진 다음부터는 우산을 쓰는 것을 포기했
다. 엉망이 되어버린 상태에서 우산을 써봤자 아무런 의미도 없
기 때문이다. 지금부터 시작이다.

강기슭에 우산을 내려놓고 검은 고양이가 들어 있는 택배 상
자에 가까이 다가갔다. 당연히 길은 사라지고 없었다. 구루미는
강 속으로 점벙점벙 들어갔다.

예상보다 훨씬 물살이 거셌고 강물도 깊었다. 무릎 근처까지
강물에 푹 젖어버렸다. 여기서 죽는다면 '정리해고를 당한 괴로
움에 시달리다 강물에 투신자살' 또는 '가난을 견디지 못하고 목
숨을 끊다'라는 뉴스의 주인공이 될지도 모른다. 인터넷에 구루
미의 신상정보가 여기저기 떠돌아다니는 상황까지 상상했다. 심
지어는 거기에 근무했던 출판사와 부모님 이름까지 쓰여 있는
끔찍한 상상마저 했다.

"장난이 아냐."

이대로 죽을 수 없다는 마음으로 정신을 바짝 차리고 앞을 바라보니 강 가운데 있는 땅이 아까보다 줄어들어 있었다. 택배 상자도 이미 푹 젖어 있었다. 비가 그칠 때까지 도저히 기다릴 수 없는 상황이다.

역시 고양이를 구해주러 오기를 잘했다.

구루미는 검은 고양이에게 가까이 다가갔다.

휘둥그레진 눈으로 검은 고양이가 구루미를 바라보았다. 마치 구루미를 경계하는 것처럼 보였다.

"구해주려고 하는 거니까 할퀴지 마."

검은 고양이가 말귀를 알아들을 거라고는 생각하지 않지만 일단 다짐을 받아두었다. 당연히 검은 고양이는 아무런 반응도 보이지 않았다. 물끄러미 구루미를 바라보고 있는데 꽤나 건방진 표정을 짓고 있었다. 그런데 얼굴 생김새가 단정하다. 늘씬한 체형도 그렇고 고양이 세계에서는 어쩌면 상당한 미남인지도 모르겠다.

검은 고양이가 미남이든 아니든 아무래도 좋다. 중요한 것은 검은 고양이가 구루미를 할퀴지 않아야 한다는 것이다.

"할퀴면 고양이 탕으로 만들어서 먹어 치울 거라고."

먹어 치우겠다며 입을 벌려 위협을 한 순간 구루미의 배에서 꾸르륵 소리가 났다. 깜짝 놀랄 만큼 커다란 소리였다. 그러고 보니 아침부터 아무것도 먹지 않았다. 구루미는 내내 빈속이었다.

"야옹……."

검은 고양이는 입을 벌린 채 굳은 표정을 지었다. 신변의 위협을 느낀 것처럼 보였다. 하지만 아무리 배가 고프고 가난해도 구루미는 고양이를 잡아 먹는 일 따위는 저지르지 않을 것이다.

"저기 말이야……."

변명을 하려는 순간 구루미의 배에서 다시 꾸르륵 소리가 났다.

검은 고양이가 잽싸게 몸을 뒤로 뺐다. 젠장.

경계 대상이 되는 것을 원한 것은 아니다. 아무튼 고양이에게 할퀴어지는 것보다는 훨씬 낫다. 그렇게 생각하기로 했다. 제발 더는 발버둥치지 않기만 바란다.

"잡아 먹히고 싶지 않으면 얌전히 있어."

반쯤 포기하듯 위협하며 구루미는 검은 고양이를 껴안았다.

위협하는 소리를 알아들었는지 고양이는 구루미를 할퀴지 않았다. 얌전히 구루미 품에 안겨 있었다. 비에 흠뻑 젖었지만 털의 결이 고운 검은 고양이였다. 새끼 고양이가 아니라 어른 고양이인지 제법 무거웠다.

고양이 구출 작전은 성공했다. 검은 고양이를 택배 상자에서 구해냈다. 그런데 앞으로 어떻게 해야 할까?

구루미는 미간을 찌푸렸다.

구루미가 집세를 내고 살고 있는 곳은 평범한 다세대 주택으로 반려 동물을 기르는 것이 금지되어 있다. 고양이를 집에서 기르는 것이 알려지면 바로 쫓겨나고 말 것이다. 구루미는 고양이를 몰래 집에 데려갈 정도로 배짱이 두둑하지는 않다.

고양이를 맡아줄 것 같은 지인도 딱히 떠오르지 않았다. 대학교도 직장도 도쿄에서 다녔기 때문에 고향 친구들과는 사이가 서서히 멀어졌다. 부탁할 만한 사람이 지금으로써는 아무도 없다.

그렇다고 이 빗속에서 방금 구해준 검은 고양이를 내버려 두고 갈 수는 없었다. 하지만 동물병원에는 데려갈 엄두도 못 낼 형편이다.

"……일단 강에서 빠져나가고 나서 생각하자."

그럴싸한 이유를 덧붙이고 싶었지만 문제 해결을 미룰 수밖에 없었다. 출판사에 다닐 때도 구루미는 문제 회피가 주특기였다.

다시 첨벙첨벙 강물을 헤쳐 강기슭에 다다랐다. 그런데 놓고 온 우산이 사라져버렸다. 바람에 날아가 버렸는지 강물에 휩쓸려가 버렸는지 알 수가 없다.

"소중한 재산이 사라졌어."

구루미는 한숨을 지으며 슬퍼했지만 우산을 찾으러 다닐 기운은 없었다.

4

검은 고양이를 안은 채 강기슭을 기어 올라가 강둑에 발이 닿았을 때는 비가 조금 약하게 내렸다. 우산을 잃어버린 처지였기에 비가 잦아들어서 다행이기는 했지만 그렇다고 문제가 완전히 해결된 것은 아니었다. 앞으로 도대체 어떻게 해야 할지 몰라서 구루미는 길 끝에 웅크리고 앉았다.

구루미는 6개월 전까지만 해도 긴자 역 근처에 있는 출판사에서 열심히 일하고 있었다. 그런데 지금은 비를 흠뻑 맞아 축축하게 젖은 옷을 입고 가와고에 강둑에 앉아 있다.

눈앞이 캄캄하다는 말이 있다. 그런데 그 어둠의 끝은 도대체 어디 있을까? 언제까지나 어둠이 계속될 것 같다. 구루미는 절망감 때문에 눈앞이 어질어질했다. 다리도 후들후들 떨렸다.

"야옹."

검은 고양이가 또 울었다. 꼭 정신 차려, 하고 말하는 것 같은 기분이 들었다. 고양이 녀석은 천하태평한 모습이다. 누구 때문에 이렇게 푹 젖었는데?

"정신 똑바로 차리고 있다고."

고양이의 울음소리에 구루미는 대꾸를 하고 벌떡 일어났다. 잠시 손으로 턱을 괴고 검은 고양이의 앞날에 대해 고민해 보았다.

그러다 무심코 고개를 들어보니 히카와 신사가 보였다. 그리고 하늘의 계시처럼 번뜩 떠오른 생각이 있었다.

지금은 비도 약하게 내리고 있으니 히카와 신사에 검은 고양이를 풀어놓을까. 그곳이라면 고양이도 평화롭게 지낼 수 있을 것 같다는 생각이 들었다. 히카와 신사에서 사는 고양이가 되면 좋겠다. 틀림없이 괴롭히는 사람도 없을 것이다. 분명히 신이 이 검은 고양이를 지켜줄 것이다.

검은 고양이가 신사에 찾아온 사람에게 야단을 맞는 모습을 상상하고 있을 때쯤이었다. 등 뒤에서 상냥한 목소리가 들렸다.

"어머나 이런."

재빨리 뒤를 돌아다보니 일흔 살 정도로 보이는 노부인이 서 있었다. 노부인은 빨간색 우산을 쓰고 베이지색 장화를 신고 있었다. 그리고 풍성한 백발을 틀어 올린 머리를 하고 둥그런 안경을 쓰고 있었다.

별로 비에 젖지 않은 모습을 보니 근처에 사는 사람으로 외출한 지 얼마 안 된 것 같았다. 입고 있는 옷도 고급스럽고 한눈에 보아도 우아한 귀부인 같았다. 얼굴 생김새는 배우라고 해도 될 정도였다.

그에 비해 구루미는 물에 푹 젖은 생쥐 꼴을 하고 있다. 더구나 집에서 입던 차림 그대로 나왔기 때문에 값싼 티셔츠에 무릎이 닳은 청바지 차림이었다. 당연히 화장도 하지 않았다.

그것만이라면 그나마 다행일 것이다. 옷에 돈을 쓰지 않는 젊은이는 밤하늘의 별처럼 많기 때문이다. 가난은 불편하지만 부끄러운 것은 아니다. 출판사에 다닐 때도 허름한 차림새를 하고 있는 사람은 많이 있었다. 사람은 겉모습으로 판단할 수 없다고 당당하게 말할 수 있다.

하지만 지금의 구루미는 허름한 차림새가 문제가 아니다. 강둑에서 주르륵 굴러 떨어진 데다 더러운 강물에 들어갔다 나온 탓에 온통 진흙투성이였다. 허름하다기보다는 구질구질했다.

검은 고양이를 안고 물살을 헤치고 올라와 강둑에 서 있는 모습은 아무리 좋게 생각하려고 해도 너무 수상해 보일 것 같다. 고양이 도둑까지는 아니더라도 고양이를 강물에 집어던지려다가 다시 꺼내온 거라고 오해할지도 모른다. 현실 생활에 불만을 품고 동물을 학대하는 부류의 젊은이라든가.

백수로 지낸 기간이 길어서 자신감을 잃었는지 구루미는 수시로 안 좋은 예감에 휩싸이곤 했다. 그리고 그 안 좋은 예감은 대부분 적중했다. 실제로 구루미에게 안 좋은 일만 연속해서 일어났다. 불행은 새로운 불행을 불러온다.

큰일 났다.

신고할 거 같다.

경찰이 출동할지도 모른다.

정리해고를 당한 것으로 모자라 동물 학대 혐의까지 받는 것은 정말 싫다. 고향에 있는 부모님에게도 연락이 갈지도 모른다. 아버지는 눈물을 보이시고 어머니는 화를 내실 것 같다. 최악의 사태가 벌어지는 광경이 머릿속에 줄줄이 떠오른다. 여러 가지 의미에서 죽을 것 같은 기분이 든다.

저 수상한 사람 아니에요, 라고 당장 말해야 한다.

고양이를 학대하는 거 아니에요, 라고 오해를 풀어줘야 한다.

그래서 말을 하려고 했지만 구루미보다 선수를 친 녀석이 있었다.

"치익."

검은 고양이가 재채기를 했다. 사람처럼 재채기를 했다.

마치 전염된 듯 구루미도 재채기를 했다. 에취. 에취. 두 번 연거푸 재채기가 나왔다. 에취. 아니 세 번 연속이다. 비에 흠뻑 젖은 탓인지 구루미는 너무 추웠다. 콧물이 나오려고 했다. 틀림없이 지저분한 얼굴을 하고 있을 것이다. 추워서 구루미는 고양이와 함께 몸을 부들부들 떨었다.

이 모습을 보고 노부인이 말했다.

"감기 걸리기 전에 아가씨랑 고양이의 몸을 말리는 게 좋겠어요. 우리 집에 올래요?"

"저기⋯⋯."

구루미는 선뜻 대답하지 못했다. 머리카락을 말리고 싶은 마음은 굴뚝같았지만 처음 만난 사람 집에 따라가도 될지 망설여졌기 때문이다. 납치당할 거라는 걱정은 없지만 어쩐지 거부감이 들었다. 그러자 노부인이 상냥하게 덧붙였다.

"우리 집은 카페예요. 바로 근처에 있어요. 따뜻한 커피를 줄 테니까 어서 가요."

카페라면 따라가도 괜찮을 것 같다는 느낌이 들었다. 따뜻한 커피에도 마음이 끌렸다. 백수가 되고 나서는 제대로 내린 커피를 마셔본 적이 없다. 카페에서 커피 마실 돈이 있으면 숙주와 낫

토를 산다. 달걀 10개를 산다. 양배추를 산다. 고등어 통조림을
산다.

물론 커피를 싫어하는 것은 아니었다. 오히려 커피를 굉장히
좋아한다. 우유를 듬뿍 넣은 뜨거운 커피가 마시고 싶었다. 설탕
을 넣어서 달게 마시는 것도 좋다. 입 안 가득히 카페라테의 맛이
퍼지는 상상을 했다. 달콤한 쿠키를 베어 먹으면서 카페라테를
마시고 싶었다.

커피라는 소리에 마음이 흔들리고 있는데 노부인이 다시 권
했다.

"그 고양이의 앞날에 대한 상담도 해줄게요."

고양이를 줍고 곤란해하고 있는 상황이라는 것을 꿰뚫어 보고
있었다. 구루미가 고양이를 강에서 구해내는 모습을 쭉 지켜봤
는지도 모르겠다. 동물 학대 혐의를 받지 않게 돼서 다행이다.

"……잘 부탁드립니다."

검은 고양이를 안은 채 구루미는 고개를 숙였다. 품 안에서 검
은 고양이가 "야옹." 하고 울었다.

5

구로키 하나.

노부인이 자신의 이름을 알려주었다. 이름도 꼭 배우 같다. 하
나 씨는 우아하면서도 꽃처럼 아름다운 사람이다. 아무리 나이
를 먹더라도 미인은 미인인 법이다. 진흙투성이가 되어 엉망진
창인 구루미와는 전혀 달랐다. 철이 들 무렵부터 어렴풋이 알아
차렸지만 사람은 불평등하게 만들어진 존재다. 구루미는 눈에
띄게 아름답지는 않게 태어난 자신의 불행을 저주했다.

하나 씨의 카페는 히카와 신사 바로 근처 미야시타마치 외곽
에 있었다. 목조 건물 한 채로 〈커피 구로키〉라는 작은 입간판이
나와 있었다.

"이런 곳에 카페가 다 있었구나……."

구루미는 무심코 중얼거렸다. 줄곧 가와고에에 살았는데 그곳
에 카페가 있는지는 몰랐다.

관광객이 많이 찾아오는 제과점 골목과 고에도 골목, 다이쇼
로랑 유메도리 상점가에서 벗어난 곳으로 사람들의 발길이 뜸했
다. 한산하다고 하면 낭만적으로 들리지만 사실은 쓸쓸한 장소
였다. 하나 씨와 만나지 못했다면 어쩌면 평생 오지 않았을지도

모르는 곳이다.

입간판이 나와 있는 카페였지만 딱히 영업을 하는 것처럼 보이지는 않았다. 입간판에 메뉴조차 쓰여 있지 않았기 때문이다.

"남편이랑 둘이서 했던 카페예요. 남편이 죽고 나서는 마음 내킬 때만 문을 열어요."

마치 변명을 하듯 하나 씨는 카페 문을 열며 말했다. 스윙 도어에 붙어 있는 벨이 짤랑짤랑 울렸다. 마음이 편안해지는 소리였다. 구루미는 틀림없이 촌스러운 분위기의 카페일 거라고 상상했다.

"낡고 허름한 카페니까 놀라지 마요."

그렇게 말하면서 하나 씨가 조명을 켰다. 그제야 카페 내부 모습이 또렷이 보였다.

"……어?"

구루미는 화들짝 놀랐다. 어느 정도 마음의 준비를 하고 있었는데도 눈이 번쩍 뜨였다. 구루미의 품 안에서 검은 고양이도 "야옹." 하고 울었다. 아마도 고양이도 깜짝 놀랐을 것이다.

촌스러운 것과는 전혀 딴판인 아름다운 세계가 눈앞에 펼쳐져 있었기 때문이다.

샹들리에 조명이 반짝거리고 고양이 다리 모양의 테이블과 의자가 쭉 늘어서 있었다. 하얀 천장에 새하얀 벽. 하얀색을 바탕으로 한 고급스러운 실내 장식. 열 사람 남짓 들어갈 것 같은 작은 카페였다. 고풍스러운 분위기가 마치 고전 프랑스 영화에 나올 것 같은 카페다.

"굉장하다……."

"야옹……."

구루미의 중얼거림과 검은 고양이의 울음소리가 동시에 터져 나왔다. 더구나 그 소리가 어쩐지 묘하게 닮아있다. 출판사에 근무할 때 구루미는 알고 있는 어휘가 부족했다. 기껏해야 고양이의 울음소리랑 별 다를 게 없는 수준이었다. 그래서 정리해고를 당했을까. 그런 생각도 든다.

스스로 상처를 후벼 파는 듯한 기분이 들어 검은 고양이에게 눈길을 주니 너무 한심하다는 표정으로 구루미를 바라보고 있었다. 동정과 경멸이 뒤섞인 듯한 어쨌든 짜증나는 표정을 짓고 있었다.

"그 표정 뭐야? 하고 싶은 말이 있으면 한번 해봐."

구루미는 검은 고양이에게 생트집을 잡았다.

"야옹."

뭐라고 지껄이는 거야. 그게 네가 하고 싶은 말이냐. 구루미는 갑자기 검은 고양이가 너무 괘씸하다는 생각이 들었다.

그런 한 사람과 한 마리를 보면서 하나 씨가 빙그레 웃었다.

"사이가 참 좋네요."

그럴 리가 없잖아요, 하고 쏘아붙이고 싶었지만 만난 지 얼마 안 된 하나 씨에게 예민하게 굴 수는 없었다. 고양이를 상대로 정색을 하고 있다고 하나 씨가 생각하는 것도 원하지 않았다.

"훌륭한 카페네요. 고급스럽고 아름다워요."

빈약한 어휘를 간신히 짜내서 카페로 화제를 돌렸다.

"남편이 유럽에 푹 빠졌거든요. 서양풍 카페로 꾸미려고 좀 무리했어요."

어깨를 살짝 움츠렸지만 어쩐지 자랑스러워하는 것 같았다. 이 카페를 보면 하나 씨의 남편이 좋은 취미를 갖고 있다는 것을 알 수 있었다.

"카페 이름도 처음에는 꽃이라는 의미의 프랑스어 '플뢰르'로 하려고 했대요. 내 이름 '하나'가 꽃이라는 뜻이잖아요. 내가 창피하니까 그러지 말라고 말렸죠. 그냥 카페 이름을 평범하게 짓자고 했어요."

아내의 이름을 카페 이름으로 붙이려는 남편. 점점 더 호감이 생긴다. 하는 행동이 미남이다.

"멋진 분이시네요."

하나 씨는 구루미의 칭찬에 부끄러워했다.

"아이고 주책. 나도 모르게 옛날이야기를 했네요……. 그나저나 빨리 머리를 말려야지 감기 걸리면 큰일이에요."

얼버무리듯이 중얼거리며 하나 씨는 카페 안쪽으로 들어가서 수건을 가져왔다. 갈아입을 옷도 빌려주려는 것 같다.

"죄송합니다……."

고개를 숙이면서 하나 씨의 모습을 눈으로 쫓는 순간 그것을 발견했다. 검은 고양이를 감싸 안은 자세에서 구루미의 눈길은 벽에 고정되었다.

서양풍의 멋진 벽지에 넋을 잃은 것도 아니고 얼룩이나 흠을 발견한 것도 아니다. 벽에 붙어 있는 종이 한 장에 구루미의 눈길이 계속 머물렀다.

하나 씨의 필체로 보이는 손 글씨로 이렇게 쓰여 있었다.

카페 점장 모집(숙식 가능)

자세한 조건은 아무것도 쓰여 있지 않았다. 그런데도 구루미는 벽에 붙어 있는 종이에서 눈길을 도무지 뗄 수 없었다. 손 글

씨를 몇 번이나 읽었다.

일도 하고 살 수도 있는 곳.

구루미의 인생에서 필요한 것이 두 개나 쓰여 있었다. 최근 반 년 동안 자나 깨나 그 걱정만 했다.

"카페 점장 모집이라니……사람을 구하는 건가……?"

혼잣말을 했더니 검은 고양이가 "야옹." 하고 맞장구치듯 울었다.

검은 고양이에게는 아랑곳하지 않고 벽에 붙어 있는 종이를 뚫어져라 바라보고 있는데 하나 씨가 돌아왔다. 구루미와 검은 고양이를 위한 것일까. 하나 씨는 새하얀 수건을 두 장 들고 있었다. 갈아입을 운동복 같은 것도 가져왔다.

"고양이는 내가 닦아줄게요."

구루미는 수건과 갈아입을 옷을 받아들고 검은 고양이를 하나 씨에게 맡겼다.

검은 고양이는 신묘한 표정을 짓고 있었다. 건방진 모습은 자취를 감추고 집에서 기르는 고양이처럼 얌전하게 있었다. 구루미 품에 안겨 있을 때와 태도가 사뭇 달랐다.

하나 씨는 검은 고양이의 머리를 수건으로 감싸주었다.

우아한 하나 씨와 검은 고양이와 서양풍 카페.

그림처럼 아름다운 조합이었지만 넋 놓고 바라볼 수만은 없었다. 세속에 찌든 구루미에게는 관심이 가는 게 따로 있었기 때문이다.

"저기, 점장 모집이란 게 뭐예요?"

자연스럽게 들리도록 신경 써서 하나 씨에게 물었다.

"아아, 그건 말이죠."

하나 씨가 고개를 끄덕이며 검은 고양이의 등에 수건을 댄 채로 대답했다.

"나 대신에 여기 살면서 카페를 운영해줄 사람을 구하고 있어요."

"그럼……이사 가시는 거예요?"

너무 집요하게 물어봤나 걱정했지만 하나 씨는 선뜻 "그래요." 하며 고개를 끄덕거렸다.

"아들 부부가 곧 아기를 낳을 거예요. 그런데 아기를 낳으면 돌봐줄 사람이 없으니까 나랑 같이 살면 어떻겠냐고 했어요."

축하할 만한 이야기다.

"어디로 가시는데요?"

"긴자 외곽. 거기서 레스토랑을 하고 있어요."

구체적인 소재지까지 알려주었다. 사실 그렇게 외곽도 아니다. 긴자의 유명 가부키 공연장인 가부키자에 갔다가 들를 만한 장소다.

"좋은 곳이네요."

모르면서 아는 체하는 것은 아니다. 6개월 전에 일했던 직장 근처라서 하나부터 열까지 잘 알고 있다. 다양한 음식점이 쭉 늘어서 있는데 예약을 해야 들어갈 수 있는 고급 레스토랑도 많이 있다. 그런 레스토랑에서 와인까지 마신다면 한 달 식비가 통째로 날아가 버릴 것이다. 식비뿐만 아니라 한 달 월급까지 날아가 버리는 레스토랑까지 있다.

"뭐 레스토랑 입지로는 나쁘지 않아요. 긴자 역에서 걸어서 갈 수 있는 거리고요. ……혹시 알아요?"

하나 씨가 레스토랑 이름을 말했지만 안타깝게도 모르는 곳이었다. 아무래도 고급 레스토랑인 것 같다.

덧붙이자면 구루미는 하나 씨에게 전에 다니던 직장의 명함을 건네주었다. 신원을 확실히 해두는 편이 좋을 것 같았기 때문이다. 당연히 직장은 이미 그만두었다고 솔직히 이야기했다. 그런데도 하나 씨는 누구나 아는 출판사 이름을 보고 감탄했다. 쓸데없이 신뢰도가 높은 출판사다.

그리고 쓸데없이 신뢰도가 높은 직장이 하나 더 있었다.

"시청에 구루미 씨와 같은 성을 쓰는 분이 근무하죠?"

구루미의 아버지였다. 하나 씨는 아버지를 알고 있었다. 놀라기는 했지만 그렇게 신기한 일은 아니다. 40년이나 시청에서 근무했기 때문에 아버지를 아는 사람이 있는 것도 당연한 일인지도 모른다. 아버지는 한때 시청 창구에서 업무를 본 적이 있었다.

구루미는 하나 씨에게 완벽한 신뢰를 받게 되었다.

"아무도 오지 않는 카페 따위 문을 닫으면 되지만⋯⋯."

하나 씨는 그렇게 말하고 나서 입을 다물더니 검은 고양이에게서 손을 뗐다. 수건으로 고양이 몸을 다 닦은 모양이다.

검은 고양이는 아무 데도 가지 않고 얌전하게 앉아서 벽에 붙어 있는 종이를 쳐다보고 있었다. 글자를 읽을 수 있는 것도 아닐 텐데 검은 고양이는 고개를 살짝 갸우뚱하고 있었다.

그런 검은 고양이의 머리를 쓰다듬으면서 하나 씨가 중얼거렸다.

"차마 카페 문을 닫을 수가 없어서."

오늘 밤에는 검은 고양이를 하나 씨에게 맡기기로 했다.

하나 씨는 남편이 살아 있을 때 고양이를 길렀기 때문에 돌보는 게 익숙하다고 했다. 그 말을 듣고 안심하며 구루미는 자기가 사는 다세대 주택으로 돌아갔다.

집에 도착하자마자 구루미는 컴퓨터를 켜고 구직 사이트를 둘러봤지만 도무지 눈에 안 들어와서 제대로 집중할 수가 없었다. 카페 벽에 붙어 있던 종이가 줄곧 생각났다.

하나 씨의 카페에서 점장을 맡게 된다면 일과 거처가 동시에 해결된다. 궁지에 몰린 것도 사실이지만 이것도 인연이라는 느낌이 들었다.

카페에서 일해 본 경험은 없지만 커피와 관련된 추억은 있었다. 구루미의 어머니는 커피를 굉장히 좋아했다. 그리고 커피를 아주 맛있게 내렸다.

"약간 사치스럽지만."

손으로 돌려서 쓰는 분쇄기로 원두를 갈아서 구루미와 아버지에게 맛있는 커피를 내려주었다.

어떻게 하면 이렇게 커피를 맛있게 내릴 수 있냐고 물어도 어머니는 그저 웃기만 하고 자세히 알려주지 않았다.

"어른이 되면 저절로 알게 될 거야."

그냥 그렇게만 말했다. 구루미는 서른 살 가까운 나이가 되었지만 아직도 커피를 맛있게 내리는 비결을 알지 못한다. 일부러 어머니에게 전화해서 물어보는 것도 어쩐지 망설여졌다.

카페에서 일하면 커피를 맛있게 내리는 비결을 터득하게 될지도 모른다.

느닷없이 카페 점장을 맡아서 잘 운영할 수 있을지 불안한 마음도 들었다. 하지만 그 카페에서 일해보고 싶은 마음이 훨씬 컸다. 고상한 하나 씨에게도 호감이 갔다.

하나 씨는 이사를 가겠지만 긴자라면 그리 멀지도 않다. 6개월 전까지만 해도 구루미가 출퇴근하던 장소 근처다. 난처한 일이 생겨도 바로 달려갈 수 있는 거리다. 하나 씨의 아들 부부가 레스토랑을 한다는 점도 든든했다. 구루미는 카페 점장을 맡았을 때 생기는 유리한 점만 머릿속에 자꾸 떠올랐다.

내일은 검은 고양이를 보러 카페에 가기로 했다. 그리고 하나 씨에게 빌린 옷도 돌려주어야 한다. 그때 하나 씨에게 카페에서 일하게 해달라고 부탁해야겠다.

그리고 허락만 해준다면 그 카페에서 고양이와 함께 살아가야겠다. 고양이가 목걸이를 하고 있지 않는 걸로 봐서 어쩌면 버림받은 고양인지도 모른다. 건방져 보이는 고양이 같지만 갈 곳이 없다는 건 너무 불쌍하다.

검은 고양이가 택배 상자 안에 들어가 있던 모습은 일자리를 잃은 자신의 처지와 비슷해 보였다. 계약직 직원이었던 구루미도 버림받은 고양이처럼 정리해고를 당했기 때문이다.

구루미는 컴퓨터 전원을 끄고 샤워를 하고 침대에 누웠다.

"야옹아, 기다려."

마치 연극 대사를 읊듯 중얼거리다가 구루미는 그대로 잠들었다. 꿈은 전혀 꾸지 않았다. 막 잠이 들 찰나에 고양이 울음소리를 들은 것만 같은 기분이 들었을 뿐이다.

하지만 고양이는 어디에나 존재하기 때문에 별로 신경 쓰지 않았다.

6

날이 밝으니 하늘이 맑게 개어 있었다.

최근 며칠 동안의 악천후는 뭔가 잘못된 일이었다는 것처럼 구름 한 점 없는 파란 하늘이 펼쳐져 있었다. 태풍이 지나간 후라는 게 이런 걸까. 꼭 구루미의 기분처럼 날씨가 맑다.

직장을 잃고 스마트폰이 정지되고 지난달 국민연금도 내지 못하고 집세를 낼 방법도 막막하고……이런저런 고민이 있었지만 이제는 괜찮다.

검은 고양이를 주운 다음에 구루미의 인생이 싹 달라졌다.

히카와 신사가 하나 씨의 카페와 인연을 맺게 해주었다.

앞으로의 인생에서는 틀림없이 좋은 일이 생길 것 같다.

아니, 이미 좋은 일이 일어났다. 비에 흠뻑 젖었는데도 구루미는 감기에 걸리지 않았다. 전기요금이 아까워서 불을 끄고 빨리 잠들었고 식비를 아끼려고 숙주 볶음과 낫토만 계속 먹은 덕분이다. 구루미는 출판사에서 근무하던 시절보다 훨씬 건강해졌다.

정직원이 되지 않아서 다행이다.

정리해고를 당해서 다행이다.

가난해져서 다행이다.

구루미는 스스로 다독였다. 지금은 걱정하느라 미간에 주름이 생겼지만 하나 씨의 카페에서 일하게 된다면 틀림없이 주름도 사라져버릴 것이다.

억지로 긍정적인 기분을 만들고 나서 구루미는 발걸음을 재촉했다. 스쳐지나가는 사람들의 웃는 얼굴이 눈에 띄었다. 기분 좋은 하루다.

고용지원센터와 은행에 들러서 몇 가지 일을 처리한 다음에 구루미는 하나 씨의 카페로 향했다.

새로운 인생이 시작된다고 생각했다.

길은 똑똑히 기억하고 있다. 길을 잃어버릴 염려도 없다. 하나 씨의 카페는 금방 찾았다.

다만 고용지원센터와 은행 창구에서 일처리를 하는 데에 생각보다 시간이 오래 걸려서 카페에 가는 것이 늦어졌다. 〈커피 구로키〉에 도착했을 때는 오후 6시가 넘었다. 해가 지고 어둠이 완전히 내려앉았지만 그렇게 늦은 시간은 아니었다. 역 앞에 있는 유명한 카페는 아직 영업을 시작도 안 했다. 그러니까 카페에 방문해도 실례가 되지는 않을 시간이다.

그래서 일단 만나서 점장 자리에 대해 물어보기로 했다. 여기까지 와서 그냥 돌아간다는 것은 말이 안 된다. 무엇보다 하나 씨에게 검은 고양이를 맡겨놓았기 때문이다. 하루라도 빨리 일거리를 찾아야 한다는 절박한 사정도 있었다.

구루미는 카페 손님이 아니라서 자택 벨을 누르기로 했다.

그리고 구루미가 손을 뻗었을 때 그 사실을 깨달았다.

'구로키 포'

문 옆에 붙어 있는 팻말에 그렇게 똑똑히 쓰여 있었다.

아주 새것이다. 만든 지 얼마 안 된 새것으로 보였다. 어제도 이런 팻말이 있었나?

……잘 기억이 나지 않는다. 팻말이 있었던 것 같기도 하고 없었던 것 같기도 하다. 비가 내리기도 했고 사실 제대로 보지 않았기 때문이다.

구로키라고 쓰여 있는 것으로 봐서 하나 씨 가족 중 한 사람의 이름인 걸까? 포는 도대체 누굴까? 『어셔 가의 몰락』, 『검은 고양이』, 『모르그 가의 살인사건』을 쓴 그 유명한 에드거 앨런 포가 떠올랐다. 『포의 일족』이라는 일본 만화책도 있다. 『포의 일족』은 정말로 명작이다. 떠올리기만 해도 눈물이 났다. 아무튼 포는 외국 사람 이름인 것이 분명하다.

"하나 씨의 남편이 외국 사람이었나……."

구루미는 문득 떠오른 생각을 중얼거렸다.

그렇다면 서양풍 실내 장식도 이해가 간다. 자신이 태어난 나라의 카페를 모델로 했을지도 모른다. 하지만 그런 경우 '유럽 감성'이란 표현은 이상하다는 느낌이 든다. 유럽 감성을 좋아하는 미국인일 수도 있지만 말이다.

그런데 죽은 남편의 이름을 새삼 새로운 팻말에 써 놓는다는 것은 도무지 이해하기가 어렵다. 죽은 사람의 이름을 일부러 새로운 팻말에 써 놓을 필요가 있을까?

아무리 생각해봐도 모르겠다. 새삼스럽지만 어제 구루미는 하나 씨의 남편이 언제 죽었는지 왜 물어보지 않았을까.

팻말에 대해서는 하나 씨를 만나서 물어보자. 구루미는 벨을 누른 뒤 말했다.

"어제 신세를 졌던 마시타 구루미예요."

"……."

"구로키 하나 씨, 계세요?"

"……."

"안녕하세요?"

"……."

아무런 대답도 없었다. 문 저편은 쥐 죽은 듯 조용했다.

을씨년스러운 침묵 앞에 불안한 기분이 스멀스멀 덮쳐왔다. 오늘 카페에 오겠다는 이야기는 이미 구루미가 하나 씨에게 했다. 그랬더니 하나 씨가 하루 종일 카페에 있으니 아무 때나 와도 된다고 대답했다.

아무리 생각해도 하나 씨가 약속을 지키지 않을 사람으로는 보이지 않았다. 카페 입간판도 나와 있었고 스윙 도어에는 '영업 중'이라는 팻말이 걸려 있었다. 문을 살짝 밀어봤더니 열려 있었다.

역시 부재중은 아닌 것 같다.

"구로키 하나 씨, 구로키 하나 씨⋯⋯."

몇 번이나 불러도 대답이 없다. 문틈으로 불빛이 새어나오는
데 도무지 인기척은 느껴지지 않는다.

"설마⋯⋯."

카페 안에 쓰러져 있는 하나 씨의 모습이 갑자기 머릿속에 그
려졌다.

건강하게 보이지만 일흔을 훌쩍 넘긴 나이다. 뇌경색이나 심
근경색으로 쓰러졌을 수도 있다. 누구에게나 다 노화가 찾아온
다. 구루미의 할아버지도 갑자기 쓰러졌었다.

"구로키 하나 씨!?"

문을 발로 차서 부술 정도의 기세로 카페에 들어가려고 했다.
하지만 카페에 들어갈 수 없었다.

스윙 도어에 붙어 있는 벨이 짤랑, 하고 울리는 순간 탁, 하고
둔탁한 소리가 났다. 짤랑짤랑이 아니라 짤랑, 탁이다.

"탁!"

회심의 일격 같은 강력한 반응이 있었다. 구루미가 뭔가를 공
격한 기억은 없다. 그저 문을 열려고 했을 뿐이다.

무슨 일이 벌어졌는지 알지도 못한 채 가만히 서 있었다. 스윙
도어가 앞뒤로 마구 흔들렸다. 그러더니 문이 활짝 열렸다.

"어……?"

아무도 없을 줄 알았는데 인기척이 났다. 정확히 말하면 인기척이 난 게 아니라 사람이 눈앞에 떡하니 서 있었다.

그러나 그 사람은 하나 씨가 아니었다. 구루미와 비슷한 또래의 남자가 문 앞에 서 있었다. 아무 말도 없이 남자는 구루미를 바라보고 있었다.

처음 보는 남자였다. 양복이 아니라 검은색 기모노에 하얀색 티셔츠를 안에 받쳐 입고 있었다. 남자의 얼굴을 바라보았는데 가로로 긴 눈에 찰랑거리는 검은 머리를 하고 있었다. 객관적으로 말해도 잘생긴 얼굴이다. 그것도 순정 만화에 나오는 왕자님 같은 미남이다. 후리후리하게 키가 컸다.

모델 체형에 잘생긴 남자가 눈앞에 나타난 정도로 놀라지는 않는다. 그 정도로 할 말을 잃을 만큼 구루미는 순진하지 않다. 깜짝 놀란 이유는 잘생긴 남자의 이마가 빨갛게 되어 있었기 때문이다. 이마에 조그만 혹이 볼록 솟아 있었다.

구루미의 몸이 기억하고 있었다. 팔꿈치부터 손끝까지 감각이 남아 있었다.

"그러니까……혹시……."

"방금 문을 확 젖혔지."

탁, 하는 소리의 정체를 알아냈다.

"아팠겠어요……그렇죠…….."

"상상에 맡길게."

남자가 대답했다. 가로로 긴 눈에 잘 어울리는 냉정한 목소리였다. 성격이 안 좋아 보이는 불량스러운 목소리였다. 뭐, 당연하다. 누구라도 문에 이마를 부딪히면 기분이 나빠질 것이다.

"미……미안해요."

진심으로 미안해하며 고개를 숙였다. 상당히 아팠을 것이고 자칫 잘못했다가는 코나 앞니가 부러졌을지도 모른다. 큰소리로 화를 내도 이상하지 않은 상황이었다.

하지만 잘생긴 남자는 화를 내지 않았다. 표정 하나 바꾸지 않고 구루미에게 물었다.

"하나가 걱정돼서 서두른 건가?"

아무런 설명도 하지 않았는데 이해하고 있었다. 얼굴만 잘생긴 게 아니라 머리도 좋은가 보다. 그러면 너무 불공평하다는 생각이 들어서 슬며시 화가 치밀어 오르지만 야단맞지 않고 끝나서 다행이다.

존칭을 쓰지 않고 하나 씨에 대해 이야기하는 것을 보면 친척인지도 모른다. 하나 씨의 모습이 보이지 않는 것은 걱정되지만

이 남자의 행동으로 미루어 볼 때 하나 씨가 쓰러지거나 하지는 않은 것 같다. 하나 씨의 행방을 묻기 전에 다시 한번 사과해두자.

"저기……."

"구로키야."

잘생긴 남자가 이름을 말했다. 하나 씨와 같은 성을 쓰는 것을 보면 역시 친척인 것 같다. 점점 더 제대로 사과해야 한다는 생각이 든다.

"정말 죄송합니다."

다시 한 번 고개를 푹 숙였다. 자신의 신발이 눈앞에 보인다.

그 상태로 잠시 있었는데 구루미의 정수리 위에서 구로키의 목소리가 들렸다.

"용서해주지."

잘난 체하는 말투가 거슬렸지만 잘못한 사람은 엄연히 구루미다. 마음이 급하더라도 좀 더 조심했어야 한다. 스윙 도어를 확열어젖혀서 잘생긴 남자의 이마를 다치게 했다.

고개를 들 타이밍을 놓친 사이에 구로키가 다시 정수리 위에서 말했다.

"언제까지 고개를 숙이고 있을 건데?"

고개를 들라, 하는 명령을 듣는 평민의 심정이 이해가 갔다. 에도시대의 평민 말이다.

용서해준다고 말하지만 정말로 용서한 걸까. 화가 안 났다고 말하면서 오랫동안 질질 끌며 마음속으로 화를 내는 사람도 많이 있다. 사람은 대부분 거짓말쟁이다. 얼굴을 보는 것이 두렵다. 그렇다고 해서 계속 고개를 숙이고 있을 수도 없다.

주뼛주뼛 고개를 드니 구로키가 구루미를 바라보고 있었다.

냉정한 표정이지만 화를 내고 있지는 않은 것 같았다. 기분 탓일까. 이마에 붉은 자국도 서서히 사라지고 있었다. 말로만 그러는 것이 아니라 정말로 용서해준 것 같았다. 구루미는 가슴을 쓸어내렸다.

하지만 아직 안심하기에는 일렀다.

구루미의 눈을 똑바로 바라보며 잘생긴 구로키가 이렇게 덧붙였다.

"용서해줄 테니까 내 하인이 돼줘."

"……네?"

구루미는 몸이 굳었다.

7

"미안. 단어 선택을 잘못했네."

이번에는 구로키가 사과했다. 하지만 전혀 잘못했다고 생각하지 않는 듯한 말투였다.

도대체 무엇을 어떻게 착각하면 하인이라는 말이 튀어나오는 걸까?

삼십 년 가까이 살아왔지만 하인이 되어달라는 말은 난생처음 들어본다. 더구나 상대는 왕자님 같은 외모의 미남이다. 여러 가지 의미에서 구루미는 충격을 받았다.

그 와중에 구로키가 혼잣말로 중얼거렸다.

"어떻게 말하면 좋을까. 사람에게 말을 하는 건 참 어렵네."

곤란해하는 것 같지만 무슨 의미인지 전혀 모르겠다. 일단 하인 운운한 것은 못 들은 셈치고 구루미는 이야기를 계속했다.

"구로키 하나 씨의……가족인가요?"

이 남자의 정체를 똑똑히 밝히기 위해서 한 질문이다. 하지만 구로키는 정확히 대답하지 않았다.

"저엄자앙이야."

수수께끼 같은 대답이 돌아왔다. 구루미는 듣는 순간 이해가

58

잘 안 갔다.

당황스러워하니까 구로키가 고개를 갸웃거렸다.

"내 발음이 잘못됐나? 이 카페의 책임자라고."

미남 구로키는 점장이라고 말하고 싶었던 것이다.

무슨 말인지 알아듣는 순간 기분 나쁜 예감이 엄습했다.

"점장이라고요. 설마……."

"그래. 이 카페 점장이야."

구루미의 말을 끝까지 듣지도 않고 구로키가 대답했다. 벽을 바라보니 점장 모집 종이가 사라지고 없었다.

"아까 며느리가 갑자기 산기를 느껴서 병원에 갔다고 하나가 전화했어. 나한테 카페를 맡긴다고……."

구로키의 말이 멀리서 들리는 것 같았다. 무슨 말을 하는지 뇌로 곧바로 전달되지 않는다. 단어 몇 개가 귓가를 스쳐 지나갔다.

일자리를 빼앗겼다는 사실만 똑똑히 깨달았다.

돈을 벌 수 있는 방법이 사라졌다. 저금통장에도 잔액이 얼마 남아 있지 않았다. 이제 곧 다세대 주택에서 쫓겨날 것이다. 국민연금도 스마트폰 요금도 국민건강보험료도 내지 못하고 수도요금도 전기요금도 내지 못하게 될 것이다. 가진 게 아무것도 없는 인생이다. 긍정적인 마음은 모두 사라져버렸다.

저금통장의 잔액이 머릿속을 떠돌고 현기증이 몰려왔다. 카페 점장이 될 거라고 믿고 있었던 자신을 흠씬 두들겨 패주고 싶었다. 정리해고나 당하는 서른 살을 코앞에 둔 여자의 인생에 좋은 일이 일어날 리 없었다. 코끝이 시큰해지고 당장이라도 눈물이 왈칵 쏟아질 것 같았다.

하지만 다른 사람 앞에서 울 수는 없다.

낯선 곳에서 울 수는 없다.

아무리 그래도 이건 너무 비참하다.

구루미는 눈물을 삼켰다. 흐느껴 울고 싶었지만 어금니를 꽉 깨물고 눈물을 참았다.

"……저는 이제 그만."

인사도 하는 둥 마는 둥 하고 구루미는 구로키에게서 등을 돌렸다.

빨리 집에 돌아가서 일자리를 찾아보자. 인터넷 요금도 언제까지 낼 수 있을지 모른다. 인터넷을 사용하지 못하면 일자리를 찾는 것 자체가 힘들어진다.

서둘러 돌아가려고 하는데 잘생긴 남자 구로키가 불러 세웠다.

"잠깐 기다려. 구루미."

응?

어떻게 내 이름을 알고 있지?

더구나 존칭까지 생략하고 불렀다. 여자 친구의 이름을 부르듯 "구루미"라고 했다. 여기서만 하는 이야기지만 구루미는 연애와 인연이 전혀 없다. 성인이 되고 나서 성을 빼고 이름만, 그것도 존칭은 생략하고 구루미를 부른 남자는 아버지 말고는 처음이었다.

갑작스러운 부름에 눈물이 쏙 들어갔지만 그 대신 구루미는 당혹스러움에 사로잡혔다.

"뭐, 뭐, 뭐, 뭐라고요!?"

말을 더듬거리면서 뒤를 돌아다보니 구로키의 얼굴이 코앞에 있었다. 구로키는 남자인데도 속눈썹이 길다. 구루미보다 속눈썹이 훨씬 길었다. 마치 순정 만화에 나오는 주인공 같았다. 나무랄 데 없이 완벽한 외모다. 훌륭한 외모의 소유자가 일자리를 빼앗다니.

부글부글 화가 치밀어 오르고 존칭 없이 이름만 불러서 마구 흔들리던 마음이 가라앉았다.

그런 구루미에게 구로키가 질문을 했다.

"내 이야기 들었어?"

"아니요."

구루미는 솔직하게 대답했다. 그런데 야단을 맞았다.

"똑바로 들어!"

정직한 사람이 손해를 보는 세상인가?

더구나 아까부터 말투가 무례하다. 커다란 고양이를 대하는 것 같은 느낌이 들었다. 확실히 구루미는 구로키의 이야기를 제대로 듣지 않은 것도 사실이고 문을 세차게 밀쳐서 이마를 다치게 한 것도 사실이다. 그래서 구로키의 잘생긴 얼굴에 쓸데없는 상처가 남고 말았다. 그 부분에 대해서는 잘못했다는 생각하고 반성하고 있다.

하지만 그렇다고 해서 처음 보는 남자에게 심한 말을 들을 이유는 없다.

"적당히 좀 하세요. 도대체 뭐 하는 거예요?"

아무렇지 않게 보여도 실은 길바닥에 나앉게 생겼다. 실업 급여는 이번 달로 끝이다. 구루미는 잃을 게 아무것도 없다. 돌아갈 집이 없어지게 되는 것에 비하면 왕자님 같은 얼굴을 한 미남 따위 조금도 무섭지 않다. 하나 씨에게는 신세를 졌지만 이 남자와는 아무런 상관도 없다.

"용건이 없으면 돌아갈게요. 여기서 노닥거릴 시간 없어요."

대답을 바라지 않고 일방적으로 내뱉은 말이다. 하지만 구루미의 입에서 나온 말은 모두 사실이다. 구루미는 카페에서 놀고 있을 때도 말다툼을 하고 있을 때도 아니다. 노숙자가 되기 일보 직전이기 때문이다. 구루미는 스스로 자신의 상황을 다시 확인했다. 아직은 집이 있으니까 돌아가자.

다시 발길을 돌려 카페를 나가려고 했다. 그러나.

"기다려. 가지 마. 구루미에게 할 말이 있어."

다시 구루미를 불러 세웠다. 이미 존칭을 생략한 표현은 익숙했다.

"그러니까 뭔데요? 용건이 있으면 빨리 말하라고요."

한숨을 푹 쉬고 뒤도 돌아보지도 않은 채 재촉했다. 무슨 이야기인지 듣고 싶었던 것은 아니다. 하지만 구루미는 이 상황을 서둘러 끝내고 싶었다.

"용건이라기보다 부탁이 있어."

"부탁이요?"

구루미가 되묻자 구로키가 대답했다.

"나의 집사가 되어줘."

"……네?"

어이가 없었다. 이 남자는 도대체 뭘까?

"저기……장난쳐요?"

등을 돌린 상태에서 구루미가 물었다. 구로키의 얼굴을 볼 용기도 배짱도 기력도 없었기 때문이다.

"아냐. 장난치는 거 아냐."

"그럼……그럼 놀리는 거예요?"

"놀린다고? ……설마."

구로키의 목소리는 진심인 거 같았다.

장난치는 것도 아니고 놀리는 것도 아니다. 그렇다면 아까 한 말은 도대체 뭘까?

잘못 들은 걸까?

주인이 아니라 집사?

그것은 그것대로 우습다는 생각이 든다.

지입사

지익사

지힉사

점점 이상해졌다. 세상에 존재하지 않는 단어가 마구 섞이기 시작했다. 출판사에 다니던 시절이라면 한자 변환 실수를 의심했을 것이다.

고개를 갸웃거리고 있는데 구로키가 구루미의 오른쪽 어깨에 손을 올려놓았다. 뱅어같이 하얗고 예쁜 손가락이었다. 손가락

마디까지 잘생겼다니. 이런 순간에도 가슴이 두근거렸다. 비밀이지만 구루미는 손이 예쁜 남자에게 약하다.

"이쪽을 보고 내 이야기 좀 들어봐."

구루미는 구로키의 명령을 거역할 수가 없었다.

"네⋯⋯네."

최면술에 걸린 것처럼 뒤를 돌아다보니 구로키가 진지한 얼굴로 구루미를 뚫어져라 바라보았다. 구루미의 어깨에 아직도 구로키의 손이 얹혀 있었다. 거⋯⋯거리가 가깝다. 아까보다 훨씬 얼굴이 가까이에 있었다. 드라마라면 키스하기 5초 전이다.

순정 만화의 키스신을 떠올리고 엉겁결에 눈을 감아버렸지만 구로키의 입술은 더는 가까이 다가오지 않았다.

그 대신에 구로키가 고백했다.

"고양이 목걸이를 원해."

"네?"

또 잘못 들었나? 아까부터 귀가 이상하다. 비에 젖은 탓에 중이염이나 뭐 그런 병에 걸린 걸까?

병원에 갈 돈도 없어서 불안하게 생각하고 있지만 구루미의 귀는 정상으로 기능하고 있다.

"나를 위해 고양이 목걸이를 사줬으면 해."

똑똑히 들었다. 입술의 움직임도 '고양이 목걸이'였다.

"그 목걸이라는 게 고양이 목에 거는 걸 말하는 거죠?"

"그거 말고 다른 목걸이도 있나?"

"그러니까…… '목걸이박쥐'라든가……."

출판사에 다니던 시절에 쌓았던 지식을 총동원해서 대답했지만 구로키는 어리둥절해 보였다.

"목걸이박쥐? 무슨 소리야?"

구로키가 미간을 찌푸렸다. 틀림없다. 박쥐가 아니라 바로 그 고양이 목걸이를 원하는 것이다.

"목……목걸이는 뭐 하려고요?"

잘생긴 남자 사이에서 유행하는 멋 내기 소품일 가능성도 있다. '일본목걸이여성협회'라는 단체가 있을 정도로 여자들이 더 목걸이를 애용하기는 하지만 말이다.

"패션용 목걸이요?"

"아냐. 패션용 아냐."

구로키가 진지한 얼굴로 부정했다.

"고양이 목걸이를 하고 지내고 싶어. 사육당하고 있다는 증표를 원해."

"…….

미남 왕자가 아니라 변태 왕자였다. 여러 의미에서 위험하다. 여자로서 맞는 일생일대의 위기다.

도망쳐, 구루미. 도망쳐!!

자신의 목소리가 머릿속에서 메아리쳤다.

"놔주세요!"

어깨에 놓여 있는 손을 매몰차게 뿌리쳤다. 구루미의 손바닥이 구로키의 손등에 닿아 탁, 하고 소리가 났다. 변태 왕자가 흠칫 물러났다.

좋아. 달리자.

달려서 도망쳐 나가려고 했지만 그보다 빨리 구로키의 모습이 확 달라졌다. 고꾸라지듯 몸을 구부리고 울부짖기 시작했다.

"야옹, 야옹, 야옹. 뭐 하는 거냥!?"

"네? 저, 저는 아무것도……."

"내……내 손을 만졌잖냥!!"

구로키는 구루미를 야단쳤다. 그런데 말이 이상하다. 야옹? 냥? 혀를 깨물었나?

도망칠 기회인데 구로키가 정말로 괴로워하는 것 같아서 차마 발길이 떨어지지 않았다. 더구나 괴로움의 원인은 구루미가 손으로 쳐냈기 때문인 듯했다.

결벽증인가?

출판사에 다니던 시절에 결벽증인 동료가 있었다. 다른 사람과 닿는 것을 극도로 싫어해서 문손잡이나 책상을 만질 때도 유난을 떨었다. 그리고 소독 기능이 있는 물티슈를 항상 갖고 다녔다. 사람이 가득 찬 지하철을 타면 빈혈 증상이 일어날 때도 많았다고 한다.

구로키의 경우 빈혈 증상은 아닌 것 같았다. 물티슈를 꺼내는 시늉도 하지 않고 이마를 문에 부딪혔을 때도 크게 당황하는 기색은 없었다.

결벽증과는 다르다는 느낌이 드는데 결벽증 증상에 대해서 구루미가 자세히 알고 있는 것은 아니었다. 일단 대충 변명을 하기로 했다.

"손을 만진 게 아니고 그쪽이 먼저 어깨에……."

말하다가 입을 꾹 다물었다. 구로키가 웅크리고 있었기 때문이다. 등을 조그맣게 구부리고 얼굴을 감추고 부르르 떨고 있었다. 정말로 상태가 안 좋은 거 같았다. 구급차를 부르는 것이 좋을까?

하지만 마음대로 부르는 것도 꺼려진다.

"……괜찮아요?"

구로키 앞에 쭈그려 앉아서 얼굴을 들여다봤다.

얼굴빛은 나쁘지 않았다. 변함없이 잘생긴 얼굴을 하고 있다. 오똑한 콧대, 입술 모양도 보기 좋다. 귀가 쫑긋 삼각형 모양이다. 너무 잘생겨서 눈길을 피하다가 문득 깨달았다.

귀가 쫑긋 삼각형?

뭔가 이상하다. 잘생긴 남자의 특징과 다른 뭔가가 섞여 있다.

구로키의 얼굴을 다시 바라보았다.

역시 귀가 삼각형 모양이다! 게다가 아까 봤을 때와 귀가 다른 곳에 달려 있다. 얼굴 옆에 있었던 귀가 머리 위쪽으로 옮겨 갔다.

"이건……."

엉겁결에 손을 뻗자 구로키가 소리를 질렀다.

"저쪽으로 가버려어어……야오……옹."

몸을 뒤틀면서 거부했다. 가버리라는 말을 들었지만 발이 움직이지 않았다. 눈도 깜빡이지 못했다.

"무……무슨 일이에요?"

"아무튼 야옹!! 나를 봐. 야옹!!"

명령을 하는 사이에 구로키의 몸이 점점 줄어들기 시작했다. 쭈글쭈글 작아지고 있었다. 꼭 만화를 보고 있는 것 같았다.

이대로 사라져버리는 것은 아닌가 생각했지만 드디어 멈췄다. 구루미의 무릎 높이 정도로 줄어들었다. 그냥 줄어들기만 한 게 아니라 원래 모습과 달라져 있었다. 일단 구로키가 새카매졌다. 피부가 까맣게 변한 게 아니라 온몸에 새카만 털이 났다.

동물의 털, 정확히 말하면 그것은 고양이의 털이었다.

동물 전문가도 아닌데 고양이의 털이라는 사실을 알았던 이유는 간단하다. 그냥 보면 알 수 있었다.

구로키는 검은 고양이가 되었다.

사람이 고양이가 되었다. 사람이 고양이가 되었다. 사람이 고양이가 되었다. 왕자님 얼굴을 한 잘생긴 남자가 검은 고양이가 되었다.

아까까지 구로키가 입고 있었던 기모노가 발밑에 어지럽게 흩어져 있었다. 그 기모노 위에 검은 고양이가 오도카니 앉아 있었다. 검은 고양이는 구루미를 보고 한숨을 푹 쉬었다. 그리고 사람처럼 말했다.

"들켰다."

한계다. 구루미는 눈앞에서 일어나는 일을 도저히 이해할 수 없었다.

"요……요괴 고양이……."

구루미는 기절했다.

8

오도독 오도독 오도독 기분 좋은 소리가 들리고 향기로운 냄새가 코끝을 간지럽혔다. 커피 향기였다.

그 향기에 홀려서 눈을 뜨자 샹들리에가 달려 있는 하얀 천장이 보였다. 불은 켜져 있었다.

구루미는 누워 있었다. 침대가 아니라 소파 위에서 자고 있었던 것이다. 집에 있는 침대보다 훨씬 푹신하고 편안한 소파였다.

샹들리에?

소파?

구루미는 윗몸을 일으키고 얼굴을 찌푸렸다. 구루미의 방 안에는 이렇게 고급스러운 샹들리에와 소파는 없다. 천장의 색깔도 이렇게 새하얗지 않다.

"여기는 어디지……?"

고개를 움직이면서 구루미는 중얼거렸다.

엄청난 사건이 벌어진 것 같지만 그것이 무엇인지는 떠오르지 않는다. 기억을 잠깐 잃은 것 같다.

"머리를 부딪힌 걸까……."

하지만 아무 데도 혹이 나지 않았다. 구루미가 기억을 잃어버린 것은 이번이 처음이었다. 건망증인가 걱정하고 있는데 남자의 목소리가 들렸다.

"드디어 깨어났군."

그렇게 말한 것은 왕자님 얼굴의 미남이었다. 찰랑거리는 검은 머리에 하얀 피부. 고급스러운 검은색 기모노. 모델같이 잘생긴 남자가 커피를 들고 구루미 쪽으로 걸어오고 있었다.

"그러니까……."

중얼거리는 순간 구루미의 기억이 돌아왔다.

"나의 집사가 되어줘."

"고양이 목걸이를 하고 지내고 싶어."

파괴력이 엄청난 말이었다. 순정 만화 주인공이 하는 말 같았다. 왕자님 얼굴을 한 미남이 이런 말을 하면 졸도할 여자도 있을 것이다. 하지만 구루미가 기절한 이유는 따로 있었다.

검은 고양이.

블랙 캣.

까만 야옹이.

부르는 방법은 뭐라도 좋다. 아무튼 이 남자, 구로키는 검은 고양이가 되었다. 검은 고양이가 되었다. 검은 고양이로 변했다.

사람이 검은 고양이가 되었다.

만화 같은 변신 장면이 머릿속에 사르르 되살아났다.

"검, 검, 검, 검, 검은 고……."

비명을 지르고 싶었지만 소리칠 수 없었다. 구루미의 말을 끊고 남자가 말했다.

"그래. 구로키야."

"구……로키……?"

"내 이름이다."

구루미의 눈을 바라보며 말했다. 아름다운 눈이다. 빨려 들어갈 것 같은 까만 눈동자가 바로 구루미의 코앞에 있었다.

"커피 좀 마실래?"

구로키는 구루미 앞에 있는 테이블에 커피를 내려놓았다. 각설탕과 하얀 설탕, 우유도 함께 갖다 줬다.

"각설탕은 단맛이 강하지만 녹으려면 좀 기다려야 해. 싫으면 그냥 하얀 설탕을 넣어도 돼."

구로키가 차분한 말투로 설명했다.

"갑자기 쓰러져서 놀랐는데 지금은 괜찮은 거 같군."

그렇게 구루미를 걱정해주었다.

표정에 변화가 없어서 크게 걱정하는 것처럼 보이지는 않았다. 어쨌든 고양이의 모습은 하나도 없었다. 지금은 성인 남자다. 분명히 고양이였는데…….

구루미는 미간을 찌푸렸다. 구로키는 차분한 말투로 계속 이야기했다.

"가위눌리는 것 같던데 무서운 꿈이라도 꿨어?"

꿈?

그것은 꿈이었을까?

꿈치고는 너무 생생하다. 검은 고양이의 표정까지 떠올릴 수 있다. 들켰다면서 야옹, 하던 기억도 남아 있다.

"누구라도 꿈은 꾸지."

구로키가 조용히 말했다. 구루미의 눈을 물끄러미 바라보면서 말을 이어나갔다.

"피곤하거나 몸이 아프면 이상한 꿈을 꾸기가 쉬워. 조심해."

……그러고 보니 꿈이었던 것 같은 기분이 든다. 사람이 고양이로 둔갑할 리가 없다. 틀림없이 꿈을 꾼 것 같다.

"스트레스가 많이 쌓였나?"

"네."

구루미는 솔직하게 고개를 끄덕였다. 카페 일자리를 빼앗긴 것이 상당한 충격이었던 것 같다.

그것뿐만이 아니다. 지난 6개월 동안 재취업 활동이 원활히 진행되지 않아 가난한 구루미는 지금 돈이 다 떨어진 상태다. 당장 스마트폰도 끊기고 다세대 주택에서도 쫓겨날 처지다. 숙주 볶음과 낫토만 먹었고 사놓은 쌀도 얼마 안 남았다.

악몽이든 백일몽이든 고양이 꿈을 꾸었다고 해도 이상할 것이 전혀 없다. 구루미도 나름대로 섬세한 사람이다. 지금까지 인생에서 섬세하다는 말을 들은 적은 한 번도 없지만 말이다.

그럭저럭 상황을 이해하고 나니 이번에는 부끄러워졌다. 처음 만난 남자 앞에서 쓰러지더니 급기야 수수께끼 같은 꿈을 꾸고 카페 소파에 누워 있었다. 구루미가 가위눌리는 모습도 봤을 것이다. 더구나 지켜본 사람이 왕자님 얼굴의 미남이다.

최악이다.

엄청나게 볼썽사나운 모습을 연출하고 말았다.

"죄……죄송합니다."

일어나서 사과하려고 했다. 하지만 그럴 수가 없었다. 갑자기 벌떡 일어나서 그런지 다리가 후들거렸다.

테이블에 손을 올려두려고 했지만 구로키가 갖다 준 커피가 놓여 있었다. 그냥 손을 올렸다가는 커피가 쏟아질 것 같다. 더구나 뜨거운 커피에 손을 데일 염려도 있다.

손을 테이블에 올리지 않고 몸의 중심을 잡으려고 했지만 그정도로 뛰어난 운동 신경은 없었다. 균형이 무너져서 구루미가크게 휘청거렸다.

"어……이봐……."

구로키의 목소리가 들렸다. 비틀거리는데 눈앞에 잘생긴 남자가 있었다. 구루미는 구로키에게 매달리는 듯한 자세로 쓰러졌다.

"……죄송해요."

다 기어들어 가는 목소리로 사과했다. 구루미의 이마가 구로키의 턱에 닿아 있다. 남자의 쇄골이 구루미의 눈앞에 있었다. 순정 만화라면 가슴 설레는 장면일 것이다.

하지만 현실은 명랑 만화였다.

"나 만지지 마……야오옹."

미남이 소리를 지르며 구루미를 밀쳐냈다.

구루미는 탁구공처럼 튕겨져 나가 바닥에 쿵, 하고 엉덩방아를 찧었다. 지독한 처사다.

불평을 터트려도 좋을 상황이지만 그럴 정신이 아니었다. 구루미는 깨달았다. 구로키의 말끝에 야오옹이 붙었다는 사실을 말이다. 전에도 이런 적이 있었다. 그 기억이 뇌리 속에 아로새겨져 있었다.

주뼛주뼛 고개를 들어보니 구로키의 얼굴에 삼각형 모양의 귀가 생겨났다. 새까만 귀다.

"꿈……꿈이 아니었어…….."

그렇다. 꿈이 아니었다.

바닥에 엉덩방아를 찧은 구루미의 눈과 코 앞에서 구로키의 몸이 줄어들기 시작하더니 눈 깜짝할 사이에 검은 고양이가 되었다. 조금 전까지 입고 있었던 기모노가 바닥에 어지럽게 흩어져 있었다.

더구나 그 검은 고양이는 어디선가 본 기억이 있었다. 강에서 구해준 검은 고양이다. 이 건방진 표정은 틀림없이 그 고양이다.

두 번째 변신이었기에 구루미는 정신을 잃지 않고 버틸 수 있었다. 도무지 영문을 알 수 없어서 오히려 냉정해졌다. 엉덩방아를 찧은 엉덩이가 차갑다고 생각하는 여유까지 있었다.

한편 구로키였던 검은 고양이는 매우 초조해하고 있다.

"이건 환상이야옹!! 꿈이야옹!! 고양이가 사람으로 둔갑할 리가 없잖냐옹!! 고양이가 말을 할 리 없다냥!!"

필사적으로 구루미를 설득하려고 했다. 검은 고양이는 몹시 수다스러웠다.

여러 가지 이상한 점은 있지만 검은 고양이가 하는 말에도 일리가 있다. 구루미가 아는 한 고양이는 둔갑하지 않고 사람의 말도 하지 못한다. 꿈이라고 생각하면 이해가 안 가는 것도 아니다. 이 상황을 누군가에게 이야기하면 꿈이라도 꿨냐는 말을 들을 것 같은 느낌이 든다.

구루미는 일단 자신의 볼을 꼬집어보았다.

아팠다. 볼이 따끔했다.

역시 꿈이 아니다. 현실이다. 사람이 고양이가 되었다. 고양이가 사람의 말을 한다.

"믿을 수 없어……."

하지만 달리 생각할 수가 없다. 마냥 엉덩방아를 찧은 상태로 있을 수 없다. 볼을 꼬집은 채로 구루미가 벌떡 일어나자 검은 고양이는 포기한 듯 한숨을 쉬었다.

"들켰으니까 이제 어쩔 수 없다옹."

만화나 드라마에 등장하는 악당 고양이처럼 냐옹 냐옹 울면서 테이블 위로 훌쩍 뛰어 올라왔다. 고양이가 되었어도 어딘지 모르게 왕자님 분위기가 물씬 풍겼다.

"물어보고 싶은 게 있냐옹? 물어 봐라냥. 특별히 대답해주겠다냥."

정말 잘난 체하는 고양이다. 물론 구루미는 검은 고양이에게 물어보고 싶은 것이 잔뜩 있었다. 구루미는 볼에서 손을 떼고 검은 고양이 쪽으로 몸을 휙 돌렸다.

"어떻게 고양이가 사람처럼 말을 해?"

당연한 질문이다. 그러나 검은 고양이는 질문의 대전제를 부정했다.

"말하는 거 아니야옹."

"말하지 않다니……지금 이렇게 말을 하고 있잖아."

속이려고 그런다고 생각했지만 그렇지 않았다.

"내가 사람처럼 말하는 게 아니다냥. 구루미가 고양이의 말을 이해할 수 있게 된 거다냥."

"……뭐라고?"

예상 밖의 대답이었다. 옹과 냥이 너무 많아서 알아듣기 힘들지만 무슨 말을 하려는 건지는 이해할 수 있었다.

그러니까 고양이가 사람처럼 말하는 것이 아니라 사람이 고양이의 말을 알아듣는다는 소리다. 이런 바보 같은 상황이 벌어지다니.

"사람의 모습일 때는 사람처럼 말하지만 고양이의 모습일 때는 무리다냥. 지금도 고양이의 말로 이야기하는 거야옹."

"거짓말. 믿을 수 없어."

"네가 직접 물어보면 되잖냐옹."

그렇게 말하고 코로 창밖을 가리켰다.

그곳에는 창문이 있었고 유리창 너머에 고양이 두 마리가 있었다. 어미 고양이와 새끼 고양이처럼 보이는 호랑이 무늬 고양이 두 마리가 앉아 있었다. 새끼 고양이는 태어난 지 3개월 정도로 보였다. 털이 복슬복슬 무척 사랑스러웠다.

"어미 길고양이와 새끼 길고양이야옹. 이야기를 나누고 있다옹. 창문을 살짝 열어 봐라냥."

야옹, 야옹, 야옹, 하고 재촉했다.

"창문을 열어보라고?

"대화가 들릴 거야옹."

"설마……."

여우한테 홀린 기분으로 구루미는 카페 창문을 살그머니 열었다. 그러자 정말로 고양이들의 대화가 들렸다.

"……고개를 약간 기울여봐라냥."

"……이렇게옹."

"······그렇게냥. 그 각도에서 사람을 쳐다보라냥. 바보 같은 사람을 속이기는 너무 쉽다냥. 그렇게 하면 먹을 걸 많이 준다옹."

"······예옹."

"······다음에는 울음소리를 연습하자옹."

"······냐아."

"······좀 더 구슬픈 얼굴로 울어봐라냥."

"······냐아옹."

들어서는 안 되는 소리를 들은 것 같다.

봐서는 안 되는 모습을 본 것 같다.

어미 고양이가 새끼 고양이에게 어떤 각도가 사랑스러워 보이는지 가르쳐주고 있었다. 심지어 울음소리까지 연습하고 있다. 고양이가 늘 사랑스러운 건 이렇게 연습을 하기 때문일까?

그 점에 대해 물었더니 검은 고양이는 가소롭다는 듯 대꾸했다.

"열심히 노력하는 거다냥. 살아남기 위해 자신을 가꾸는 것은 당연하잖냐옹. 자기 수양을 안 하는 건 쓸모없는 사람뿐이다냥."

얼렁뚱땅 정신없는 틈을 타서 무례하게 말하는 느낌이 든다. 그것을 비롯해서 여러 가지 충격을 받아서 구루미의 머릿속은 뒤죽박죽 복잡했다.

"어떻게······이런 일이······고양이의 말을 이해할 수 있다니……."

"알겠냐옹."

검은 고양이는 어깨를 움츠리고 성의 없는 말투로 이렇게 말했다.

"머리를 부딪혔냐옹. 어떤 신이 변덕을 부린 거냐옹."

어떤 신?

머리를 부딪혔냐고?

뭔가 짚이는 구석이 있는 것 같은 이야기를…….

무슨 일이 있었던 것 같은 기분이 들지만 제대로 생각이 나지 않는다. 구루미가 고개를 갸웃거리고 있는데 검은 고양이가 당돌하게 말했다.

"일단 인사를 하겠다냥."

"인사?"

"어제 강에서 구해줬잖냐옹. 도와달라고 부탁하지도 않았는데도 말이다냥."

검은 고양이는 왜 이렇게 말이 많을까. 도무지 귀여워하기 어려운 고양이다. 비에 흠뻑 젖어서 도와줬는데 저런 식으로 건방지게 말하다니.

그런데 인사라는 말을 들으니까 문득 떠오르는 이야기가 있다. 구루미가 도움을 준 동물이 이렇게 눈앞에 나타났다.

"은혜를 갚으러 왔나?"

지브리 애니메이션 중에 그런 내용이 있다. DVD도 갖고 있고 만화책도 읽었다. 애니메이션도 만화책도 모두 명작이다.

판타지 세계에 슬슬 빠져들려고 했지만 검은 고양이가 그것을 막아섰다.

"우쭐거리지 마라옹. 그렇게 한가로운 소리를 할 때가 아니다냥. 고양이 손까지 빌리려고 하는 게 사람의 나쁜 습성이잖냐옹."

이것은 말장난이다. 현실 세계에서 고양이 손을 빌리는 사람은 없을 것이다. 고양이는 기껏해야 쥐를 잡을 때나 샤미센*을 만들 때나 쓸모 있을 정도다. 현대 사회에서는 고양이가 그런 역할조차 하지 못한다는 느낌이 든다.

아무튼《고양이의 보은》은 아닌 듯하다.

"그럼 뭐 하러 왔어?"

"일하러 왔다냥."

"일한다는 건 베를 짠다거나?"

"그건 두루미야옹! 은혜 갚는다는 이야기 좀 그만해라냥!"

---

*   고양이 가죽으로 만든 현악기.

구루미는 다시 검은 고양이에게 공격을 당했다. 고양이가 이렇게 공격을 잘하는 줄 몰랐다. 구루미보다 대화 능력도 훨씬 뛰어났다.

대단하다며 감탄하고 있는데 검은 고양이가 터무니없는 소리를 했다.

"이 카페에서 나는 점장을 할 거다냥."

"뭐라고!?"

구루미가 있는 힘껏 소리를 내질러서 되물었다. 어떻게 그게 가능해? 검은 고양이가 카페 점장이 되다니. 어느 나라에서 벌어지는 판타지인가? 그런 동화가 있었던 것 같은 기분도 든다.

아니, 판타지는 괜찮다. 동화라도 상관없다. 이렇게 검은 고양이와 이야기하는 와중에 새삼스러울 것도 없다. 문제는 그것이 아니다.

"내가 카페 점장이 되려고 했는데."

구루미가 주장했다. 혹시라도 검은 고양이가 점장 자리를 양보해주지 않을까 기대하면서 말이다.

은혜를 갚으러 온 게 아니라는 말을 들었다. 하지만 보은을 바라는 것이 당연하다는 마음도 들었다.

"알고 있다냥. 구루미는 벽에 붙어 있는 종이를 뚫어져라 바라보고 있었지옹."

"나한테 점장 자리를 양보할 생각 없어?"

단도직입적으로 요구하자 검은 고양이가 단호하게 고개를 가로저었다.

"그럴 생각 없다옹. 빠른 놈이 이긴다냥."

"사……사람이 아니잖아!"

"고양이는 사람이야옹."

검은 고양이에게 설득을 당했다.

9

고양이 따위 도와주지 않을 걸 그랬다. 후회하고 있는데 검은 고양이가 계속해서 말했다.

"동물이 사람으로 둔갑하는 건 옛날이야기에도 종종 나오잖냐옹."

아까 이야기했던 두루미의 보은은 두루미가 여자로 둔갑해서 벌어지는 내용이다. 예전부터 너구리나 여우가 사람으로 둔갑하는 이야기는 많이 있었다. 그것이 옛날이야기의 정석이다.

"그렇다고 요괴 고양이가 나타나다니. 지금은 21세기인데."

"21세기라서 뭐가옹? 사람이 마음대로 21세기라고 부르는 거잖냐옹. 고양이의 세계에 달력은 없다냥. 애초에 고양이의 시간과 사람의 시간은 다르게 흘러간다냥."

달변가 고양이다. 한 마디를 하면 두 마디, 세 마디로 반박한다. 구루미는 완전히 설득을 당했다. 더구나 검은 고양이의 이야기는 계속되었다.

"애초에 나는 요괴 고양이가 아니다냥. 평범한 고양이야옹."

흘려들을 수 없는 말이다. 이제 와서 평범하다고 시치미를 뗄 생각인가.

"요괴 고양이가 아니라는 건……무슨 의미야? 방금 사람으로 둔갑했잖아?"

고양이가 사람으로 둔갑했으니까 요괴 고양이잖아. 추궁하듯 지적했지만 검은 고양이는 결코 고개를 끄덕이며 동의하지 않았다.

"고양이는 원래 둔갑할 수 있다냥."

"어……."

"대부분의 고양이는 사람이 될 수 있다옹. 둔갑 못 하는 고양이가 훨씬 적다냥."

놀라운 고백이었다.

"고양이가 둔갑하는 건 보통이야옹."

그런 건가. 30년 가까이 살았는데 그런 건 정말 몰랐다. 옛날이
야기나 동화, 애니메이션, 만화에서는 등장하는 설정이지만 그
것은 허구로 꾸며낸 이야기라고 생각했다.

"믿음은 시야를 좁게 만든다옹."

아까처럼 또 설득을 당했다.

"그럼 어묵이나 바나나, 초콜릿 과자로 둔갑할 수도 있어?"

"어째서 먹을 거로 둔갑할 수 있냐고 묻냥!!"

날카로운 지적이었다. 차마 배가 고파서라고 말하기는 곤란
했다.

"그런 걸로는 둔갑할 수 없다냥. 평범한 고양이가 둔갑할 수
있는 건 사람 한 종류뿐이야옹."

말하자면 아까 그 남자로만 둔갑할 수 있다는 말 같다. 둔갑한
다기보다 이미지로 의인화하는 걸까?

"그러니까 카페 점장 정도는 둔갑할 수 있다옹."

이야기가 처음으로 돌아가자 정신이 번쩍 들었다. 구루미는
자신의 상황이 절박하다는 사실을 다시 떠올렸다.

"일자리를 찾아야 하는데……."

고양이가 둔갑을 하든 안 하든 상관없다. 이 카페에서 일하지 못하는 걸 알게 된 이상 여기 계속 머물러 있을 이유가 없다.

어쨌든 구루미는 궁지에 몰려 있다. 다세대 주택 집세를 내지 못해서 쫓겨나 집 없는 노숙자가 되느냐 마느냐 갈림길에 놓여 있다. 검은 고양이와 노닥거리고 있을 때가 아니다. 빨리 돌아가서 인터넷 구직 사이트를 살펴봐야 한다.

"이제 돌아갈 거야."

대충 인사를 하고 출입문으로 향했다.

"기다려옹!! 냐아!"

검은 고양이가 앙칼지게 울부짖었다. 테이블에서 소리 없이 폴짝 뛰어내려와 출입문 앞에서 가로막았다. 검은 고양이의 꼬리가 꼿꼿하게 서 있었다.

"이야기 아직 안 끝났다냥."

끈질기다.

발로 차버리고 나갈까 했지만 그러면 동물 학대가 될지도 모른다. 아무리 구루미가 제멋대로라고 해도 고양이를 발로 찰 수는 없다. 진저리를 치면서 구루미는 말로 되받아쳤다.

"그래서 뭐?"

"일자리 찾을 필요 없다옹."

검은 고양이가 단호하게 말했다.

"……너 지금 무슨 소리하는 거냐?"

"너, 아니고 포야옹."

물어보지도 않았는데 자기 이름을 댔다. 팻말에 쓰여 있었던 '구로키 포'가 바로 이 녀석의 이름이었나 보다. 얼굴 생김새도 우쭐거리는 느낌이었는데 이름까지 우쭐거리는 느낌이 난다. 얼굴과 잘 어울리는 이름이다. 하지만 구로키 포든 구로키 푸든 구로키 파든 뭐든 괜찮다.

"난 돈을 벌어야 살 수 있다고!! 얼른 일자리를 구해야 해!!"

카랑카랑한 목소리로 고함을 치고 말았다. 어른스럽지 못하다는 것은 알고 있었지만 엉겁결에 마음속 깊이 간직한 진심을 내뱉었다. 줄곧 누군가에게 고래고래 소리 지르고 싶었는지도 모른다.

"큰소리로 외치면 이웃에 폐가 된다냥."

"그러니까……."

"여기서 일하면 되잖냐옹."

"뭐라굽쇼?"

너무 깜짝 놀라서 옛날 만화에나 나올 것 같은 말투로 포에게 되묻고 말았다. 애니메이션이나 만화책을 보면서 자란 탓인지 때때로 우스꽝스러운 말투가 구루미의 입에서 저절로 튀어나왔다.

포는 구루미의 옛날 말투 따위 아랑곳하지 않고 말을 이어나갔다.

"하나한테도 말해뒀다옹."

"말해뒀어? 뭐를?"

"구루미가 여기서 일하도록 하는 이야기다옹."

예상치 못한 전개다. 자신이 모르는 곳으로 뭔가가 움직이고 있다.

"어젯밤에 하나랑 이야기했다옹."

포는 고양이의 모습일 때는 말끝마다 옹이나 냥을 붙인다. 발음이 알아듣기 힘들지만 그래도 대부분 무슨 뜻인지 이해가 간다. 어디까지나 대부분이지만 말이다.

어제 구루미가 집으로 돌아간 다음에 사람이 된 포는 하나 씨와 이야기를 나누었던 것이다. 포가 기모노를 어디서 가져왔는지 모르겠지만 사람으로 둔갑할 정도이니 그건 얼마든지 가능한 일일 것이다. 기모노를 파는 곳은 얼마든지 있고 그 정도는 인터넷 쇼핑으로 구입했을지도 모른다.

"하나 씨와 무슨 이야기를 했는데?"

"카페에서 일할 수 있다고 했다웅."

나이 많은 사람한테도 이런 식으로 건방지게 말했을까?

"그랬더니 나한테 카페 점장을 맡아서 하라고 했다냥."

엉터리다. 아니 대범하다. 어디서 뭘 하며 지내는지 알지도 못하는 사람을 느닷없이 점장 자리에 앉히다니 하나 씨는 보기와 다르게 너무 조심성이 없는가 보다.

구루미의 생각을 꿰뚫어 보는 것처럼 포가 말했다.

"쉽게 점장이 될 수 있었던 것은 신원이 확실하기 때문이야옹."

이번에도 예상치 못한 말을 했다.

"네가 무슨 신원이 확실해? 고양이가? 혹시 혈통 보증서 갖고 있어?"

혈통 보증서가 있다고 점장이 될 리 없지만 정확하게 해두고 싶어서 물어봤다.

검은 고양이 포는 그 말에는 반응을 보이지 않은 채 구루미를 턱으로 가리켰다.

"내가 아니다냥. 네 신원 말이야옹."

"나?"

구루미가 되묻자 검은 고양이는 크게 고개를 끄덕였다.

"하나한테 명함 줬지웅?"

"전에 다니던 출판사 명함? 줬어……그거랑 네가 점장이 된 거랑 무슨 상관인데?"

"하나는 네 아버지도 알고 있었다냥. 공무원은 신뢰할 수 있다고 했다옹."

확실히 그렇기는 하지만 도무지 이야기의 맥락이 없다. 점장. 명함. 공무원. 뭐 장난치는 것도 아니고 뭐가 뭔지 모르겠다.

"그걸 보면 알 수 있다고 했다옹."

깨끗하게 무시하고 포가 이야기를 정리했다.

"아무튼 구루미는 카페에서 일해도 된다냥. 여기로 구루미도 이사 와도 된다고 하나가 말했다옹."

어딘지 모르게 석연치 않은 부분도 있었지만 그리 나쁘지 않은 제안이었다. 바닥에 눈길을 떨군 채 구루미는 곰곰이 생각했다.

원래 구루미는 이 카페에서 일할 생각으로 찾아왔다.

지금 현재, 정확히 말하면 6개월 전부터 구루미는 일자리를 구하지 못했다. 포의 제안을 단박에 거절하고 마음을 다잡고 새로운 일자리를 찾아 나선다. 하지만 간신히 일자리를 구하더라도 정직원이 되지는 못할 것 같은 느낌이 들었다. 비관적인 예상이 아니라 그것은 엄연한 현실이다.

아르바이트 자리밖에 구하지 못한다면 집세도 제대로 내지 못

할까 두렵다. 전에 일했던 출판사와 같은 수준의 급여는 받지 못할 것이다.

설령 정직원이 될 수 있는 일자리를 찾아낸다고 해도 바로 입사가 가능한지도 모르겠다. 취직하고 급여를 받으려면 시간이 상당히 오래 걸릴 거라고 생각하는 편이 좋을 것이다. 그때까지 집세를 내지 않으면 생활도 꾸려가기 어려워진다.

그렇다면 답은 딱 하나밖에 없다.

"알았어. 음……여기서 일할게."

구루미가 고개를 숙인 채 대답한 것은 고양이 점장 밑에서 일하는 것이 불안했기 때문이다. 달리 선택지가 떠오르지 않았다. 하지만 이대로 괜찮은 걸까?

"그래? 일할 거라고? 계약 성립이다. 내일부터 일하도록 해. 오늘은 너무 늦었으니까 돌아가고."

포의 목소리가 들렸다. 그런데 목소리의 분위기가 싹 달라지고 말끝에 옹이나 냥 같은 고양이 특유의 소리가 사라져버렸다. 이건…….

"설마……."

고개를 들자 그 설마가 사실이 되었다.

포는 어느새 왕자님 얼굴을 한 미남, 바로 사람으로 둔갑했다.

사실 이것만이라면 새삼 놀라지는 않았을 것이다.

그런데 구루미는 숨이 멎을 것처럼 소스라치게 놀랐다. 영혼이 마치 입에서 빠져나갈 것 같은 느낌이 들었다.

유체이탈 직전의 상태로 계속 서 있으니까 포가 신기하다는 표정을 지었다.

"응? 왜 그래? 손에 손잡고 함께 일하자니까? 뭘 그렇게 멍하게 쳐다보고 있어?"

"안……안 쳐다봤다고!!"

구루미는 세차게 고개를 가로저었다. 정말이다. 구루미는 아무것도 안 봤다.

왕자님 얼굴의 미남은 아무것도 걸치지 않았다. 실오라기 하나 안 걸친 알몸이다. 속옷조차 입지 않았다. 성인 남자가 온몸을 고스란히 드러낸 채 구루미 눈앞에 딱 서 있었다.

"나랑 함께 여기서 살자."

포가 가까이 다가왔다. 당연히 봐서는 안 되는 것도 바싹 다가왔다. 손을 뻗으면 닿을 것 같은 곳에 뭔가가 있었다. 이런 순간 숙녀가 취해야 할 행동은 단 하나밖에 없었다.

"꺄아아아아아아악!"

구루미는 소리를 지르며 카페에서 뛰쳐나갔다.

그날 밤 고양이 목걸이를 한 벌거벗은 남자가 구루미에게 가까이 다가오는 꿈을 꾼 것은 어쩔 수 없다고 생각한다. 한동안 구루미는 고양이 꼬리도 제대로 바라볼 수 없을 것 같다.

10

다음날 구루미는 다세대 주택 관리를 해주는 공인중개사 사무실에 찾아갈 예정이었다. 얼마 전부터 공인중개사 사무실에서 구루미에게 한번 들르라고 이야기했다.

돈이 없을 때는 아무 데도 가고 싶지도 않고 아무하고도 이야기하고 싶지도 않다. 더구나 구루미는 어제 받은 충격에서도 아직 벗어나지 못한 상태였다.

하지만 그 말을 마냥 무시할 수도 없어서 마지못해 집을 나섰다. 공인중개사 사무실에는 문을 닫기 직전인 저녁 7시 무렵에 도착했다.

유리문이 달려 있는 1층 사무실이다. 앞에는 관엽식물 화분이 놓여 있었다. 이곳은 전국 체인점인 공인중개사 사무실은 아니다. 동네 사람이 경영하는 공인중개사 사무실이다.

구루미는 떨떠름한 기분으로 자동문으로 된 유리문을 지나 공인중개사 사무실 안으로 들어갔다. 늘 그렇듯이 직원은 두 사람밖에 없었다. 늦은 시간이라서 손님도 없었다. 입구 근처에 있는 소파에 구루미가 앉았다. 자동문 바로 앞이다.

"새 일자리는 구했어?"

머리가 벗겨진 마흔 살 정도로 보이는 공인중개사 사무실 남자 직원이 인사도 하는 둥 마는 둥 하더니 구루미에게 다짜고짜 반말로 물었다.

다세대 주택 임대 계약을 맺을 때도 이 남자가 담당이었는데 처음부터 존댓말은 아예 쓸 생각조차 하지 않아서 솔직히 좀 속상했다. 함부로 취급당하는 느낌이었다.

참고로 말하자면 구루미는 회사를 그만두었다는 사실을 공인중개사 사무실에도 즉시 알렸다. 계약서에 기재한 내용 중에 변경 사항이 있을 때 바로 연락하라는 말을 그대로 따랐던 것이다.

"아뇨, 아직……."

"여전히 무직?"

"네……."

솔직히 대답했더니 대머리 남자가 한숨을 쉬고 일부러 존댓말을 했다.

"실업 급여도 이제 끊겼잖습니까."

회사에서 정리해고를 해서 퇴직했기 때문에 실업 급여는 6개월 동안 지급받았다.

"끊⋯⋯끊겼어요."

"생활이 가능해?"

"나⋯⋯나름대로⋯⋯."

거짓말은 아니다. 즐겁지는 않지만 그럭저럭 살아가고 있다.

"집세는 어떻게 할 생각인데?"

직설적인 질문이 날아들었다. 집세에 대해 물어보려고 부른 걸까.

"⋯⋯어떻게든 마련할게요."

그렇게 대답하는데 모기만 한 목소리밖에 나오지 않았다.

"어떻게든이라니 어떻게?"

"그건⋯⋯."

어떻게든 되지 않을 가능성이 더 높을 것 같다는 느낌이 든다. 대머리 남자도 같은 생각을 하고 있는 것 같았다.

"알고 있다고 생각하지만 그대로 그 집에서 살고 싶으면 보증인의 사인과 인감이 필요하니까."

구루미가 살고 있는 집은 보증인이 필요 없는 곳이다. 하지만 집세가 밀릴 때는 상황에 따라서 보증인의 사인과 인감이 필요하다.

"서류를 줄 테니까 부모님의 사인과 인감을 받아서 이쪽으로 제출해."

"좀 더 기다려주세요. 금방 취직할 거니까요."

정리해고 당했다는 사실을 부모님이 알게 되면 당장 고향으로 돌아오라고 할 것이다. 그렇지 않으면 맞선을 보라고 권할 것이다. 그 이유뿐만 아니라 연금을 생활하시는 부모님에게 걱정을 끼치고 싶지 않았다.

"금방이라니 벌써 6개월이 지났는데도 취직 못했잖아."

맞는 말이다. 하지만 대머리 남자의 말에 가시가 있었다.

"원래 계약직 직원이어서 수입도 적었잖아. 실업 급여도 병아리 눈물만큼 받았을 거고 저축해놓은 것도 없잖아."

대머리 남자가 단정적으로 말했다.

하는 말이 다 맞다. 저축할 정도로 급여가 많지는 않았다.

하지만 잘 알지도 못하는 사람에게 들을 소리는 아니다.

공인중개사 사무실 직원이 구루미의 집세 지불 능력에 신경 쓰는 것은 당연하지만 아직 밀리지도 않았고 피해를 준 기억도 없다. 구루미는 성실하고 얌전한 세입자일 뿐이다.

"집세를 밀렸을 때만 보증인이 필요한 거 아닌가요?"

구루미가 항의했지만 남자는 아랑곳하지 않았다.

"결혼할 남자 있어? 있으면 고생하겠네."

무례한 소리를 했다. 구루미가 항의하려고 했지만 그보다 한 발 앞서 공인중개사 사무실의 여자 직원이 피식 웃었다. 그 여자 직원은 자랑스러운 듯 화려한 반지를 왼손 약지에 끼고 있었다.

"이런 이런 웃으면 안 돼."

대머리 남자가 여자 직원에게 덤덤한 말투로 주의를 줬다. 하지만 남자는 비열한 웃음을 흘리고 있었다. 최악의 공인중개사 사무실이다. 도저히 21세기라는 생각이 안 든다.

자리에서 일어나 돌아가려고 했지만 앞날을 생각하니 힘이 쭉 빠졌다. 다세대 주택에서 쫓겨나면 구루미는 앞으로 살 곳이 없어진다. 이사를 한다고 해도 무직인 상태에서 새로운 집을 찾을 자신도 없고 그럴 돈도 없다. 그러니까 치사해도 이 공인중개사 사무실과 거래하고 지금 사는 집에서 계속 사는 수밖에 없다.

구루미가 잠자코 있으니까 대머리 남자가 또 비웃었다.

"웃으면 불쌍하잖아? 이 사람 일자리를 잃어서 지금 힘들어한다고."

개인 정보를 함부로 공개하면 안 된다는 말을 가르쳐주고 싶다. 유튜브에 올려서 톡톡히 망신을 줄까, 이 자식.

안타깝지만 스마트폰도 정지당했고 구루미는 그럴 용기도 없다. 섣불리 인터넷에 올렸다가는 구루미도 망신을 당할 수 있다. 인터넷에 올릴 생각은 꿈도 꾸지 말아야 한다. 평화롭게 살기 위한 법칙이다.

그런 생각을 하는 구루미를 내버려 두고 공인중개사 사무실 직원 두 사람이 자기들끼리 대화를 시작했다.

"다들 아사미 씨처럼 돈 잘 버는 남편이 있는 것도 아니고."

"돈을 잘 버는 건 아니에요. 그냥 평범하게 일하는 걸요. 집세를 낼 정도의 능력은 있지만요."

입술을 새빨갛게 칠한 여자 직원이 웃었다. 이 공인중개사 사무실과 잘 어울리는 기분 나쁜 여자다. 단지 자신은 결혼했다는 이유로 미혼을 깔보는 여자는 이렇게 존재한다. 여자의 적은 여자일 때도 많다.

물론 남자도 구루미에게 적이다.

"마시타 씨, 아사미 씨한테 남자 한번 소개받아볼래? 아사미 씨처럼 섹시하게 옷을 입고. 아, 안 어울릴까."

아하하하, 우후후후, 둘이서 소리 내어 웃었다.

참는 것도 한계가 있다. 도저히 못 참겠다. 무시당하기 위해

살아가는 것이 아니다. 살 곳이 없어지는 게 어떤 건지 알기나 할까?

구루미가 일어나서 앙칼지게 소리를 지르려는 순간이었다.

자동문이 스르르 열리는 소리가 났다. 밤공기와 함께 누군가 공인중개사 사무실로 들어왔다.

"어서 오세요."

대머리 남자가 어색한 미소를 지으며 일어났지만 손님은 아니었다.

"구루미 마중 나왔어.

포다. 미남 왕자님이 나타났다. 사람의 모습으로 전과 같은 검은색 기모노를 입고 있었다.

"어, 어, 어……어떻게 여기?"

구루미의 눈이 휘둥그레졌다.

"이야기는 나중에."

포가 얼굴을 찌푸렸다. 마음 깊은 곳에서부터 불쾌함이 풍겨져 나오는 표정이다. 오늘은 언짢은 왕자 콘셉트인 건가.

"돌아가자."

퉁명스럽게 구루미를 재촉했다.

"돌아가자고……어디로?"

"어디긴. 카페지. 어제 약속한 거 잊었어?"

"어제……."

봐서는 안 될 것을 봤던 기억이 떠올라서 얼굴이 새빨개졌지만 약속에 대한 이야기도 생각났다. 정체가 고양이라는 사실을 알기 전에 분명히 카페에서 일하겠다고 구루미는 말했다.

"하지만 다세대 주택 계약이……."

포가 구루미의 말을 가로막았다.

"해약한다."

공인중개사 사무실 남자 직원에게 선언했다.

"그렇게 제멋대로……."

남자 직원이 항의했지만 포는 아랑곳하지 않았다.

"이렇게 썩어빠진 공인중개사 사무실에서 빌린 다세대 주택에서 살다가는 너도 썩어버린다고. 그래도 괜찮아?"

"썩어버린다고?"

"얼굴이랑 머리뿐만 아니라 코까지 이상한 거냐?"

무례한 말투로 포가 되물었다. 그렇다고 구루미를 모욕하려는 의도는 엿보이지 않았다.

"발모제와 싸구려 화장품 냄새 말이야. 코가 문드러지겠어. 여긴 보건소도 아닌데 냄새로 나를 죽일 셈인가."

포의 말을 듣고 보니 정말로 그런 냄새가 났다. 대머리 남자 직원과 여자 직원에게서 뿜어져 나온 냄새다.

고양이의 후각은 사람보다 열 배는 더 예민하다. 포는 지금 엄청난 악취에 시달리고 있을 것이 분명하다. 그래서 불쾌한 표정을 짓고 있는 걸까. 갑자기 너무 불쌍하다는 생각이 들었다.

"바깥에서 이야기할까?"

"그럴까."

함께 공인중개사 사무실에서 나가려고 하는데 대머리 남자가 불러 세웠다.

"잠……잠깐 기다려!"

"뭐지?"

포가 코를 움켜쥐면서 뒤를 돌아다봤다.

"아직 이야기가 안 끝났잖아. 그나저나 당신은 누구지? 마시타 구루미 씨와 무슨 사이?"

"누구냐고? 보면 모르겠나? 구루미는 나의 집……."

그렇게 대답해서는 안 된다.

"집주인이 아니라 고용주예요!!"

서둘러 구루미가 끼어들었다. 집사라든가 고양이 목걸이라든가 그런 말을 하면 구루미까지 변태 취급을 당할지도 모른다. 아무리 백수라고 해도 아니 백수니까 더더욱 세상 사람들의 눈을 신경 써야 한다.

"고용주?"

대머리 남자가 이상한 표정을 지었다. 비웃으려는 것보다 구루미의 말을 수상하게 생각하는 것 같았다.

"아직 일자리 못 구했다고 하지 않았어?"

"그건 과거고 어제 정해졌어."

포가 마음대로 대답했다.

"어제? 당신이 고용주라고? 아무렇게나 둘러대는 거지?"

노골적으로 의심을 받고 있다. 하지만 검은 고양이 왕자도 만만치 않다. 포는 당당하게 대꾸했다.

"히카와 신사 옆 카페에서 일하기로 되어 있다고. 〈커피 구로키〉라는 카페야."

그저 아르바이트 직원일 뿐이잖아? 집세를 낼 수 있다고?

그런 식으로 콧방귀를 뀌며 비웃을 거라고 생각했는데 대머리 남자는 그저 눈을 끔뻑거릴 뿐이었다. 잠시 생각에 잠긴 뒤 진지한 얼굴로 포에게 되물었다.

"거기가……혹시 구로키 하나 씨 카페?"

"그래. 큰 땅을 소유한 부자 구로키 하나 씨 카페."

검은 고양이 왕자가 자랑스러운 듯 말했다.

엄청난 부자였구나. 그렇게 훌륭한 카페를 하는 걸 보니까 가난하지는 않을 거라고 생각했지만 깜짝 놀랐다.

"사실은 나도 구로키다. 길고양이가 아냐."

아무도 물어보지 않았는데 포가 덧붙였다. 무엇을 알리기 위해서 한 말일까? 정체를 드러낼 셈인가?

다행스럽게도 공인중개사 사무실 남자 직원은 포의 길고양이가 아냐, 하는 마지막 말은 못 들은 것 같았다.

"구로키 하나 씨의 가족인가요?"

포를 하나 씨의 아들로 착각하는 것 같았다. 당황한 기색으로 갑자기 존댓말까지 썼다.

"우리랑 구로키 하나 씨는 거래를 몇 건 했습니다."

하나 씨는 공인중개사 사무실의 고객, 그것도 커다란 고객이었다.

대부분의 사람은 부자에게 약하다. 상대가 돈을 많이 갖고 있느냐 없느냐에 따라 대하는 태도 역시 싹 달라진다. 눈앞에 있는 대머리 남자처럼 표시가 나게 달라지지는 않지만 구루미도 그런 경향이 없다고는 하기 어렵다.

그러나 검은 고양이는 달랐다. 누구를 상대해도 늘 건방지고 오만하다.

"그렇군."

의젓하게 고개를 끄덕거렸다. 왕자님 같은 얼굴의 미남이 더구나 멋진 기모노를 입고 있어서 그런지 잘 자란 부잣집 청년으로 보였다. 포를 엄청난 부자의 아들이라고 착각하는 것도 어쩔 수 없는 일인지 모른다.

"구로키 하나 씨 카페에서 일하는 거라면 아무 문제도 없습니다."

"문제? 얼굴과 머리 말고 아직도 문제가 있는 건가? 구루미한테 신경 쓸 일이 참 많군."

"아뇨. 아뇨. 다세대 주택 임대 계약 문제를 말한 겁니다. 그대로 계속 살면 됩니다."

대머리 남자가 두 손을 비비면서 말했다. 임대인인 구루미의 얼굴을 보고 있지 않았다. 대머리 남자는 포를 바라보면서 이야기를 했다. 노골적으로 구루미를 깔보고 있었다.

포가 한 말도 마음에 들지 않는다. 얼굴과 머리에 문제가 있다는 전제를 자꾸 하지 마라. 왕자님 같은 얼굴의 미남은 구루미를 도대체 어떻게 생각하는 걸까?

화가 부글부글 치밀어 올랐지만 다세대 주택에서 쫓겨나지 않고 마무리를 해준 것은 고맙다. 보증인을 세울 필요도 없는 듯하다.

구루미는 심호흡을 하고 이야기를 정리하려고 했다.

"그렇다면……."

하지만 이야기를 마무리하지 못했다. 포가 방해를 했기 때문이다.

"됐어."

포가 공인중개사 사무실 남자 직원에게 딱 잘라 말했다.

"계약을 해지하겠다고 말하려고 했어. 구루미는 이제 다세대주택에서 살지 않을 거야. 나랑 함께 살 거라고."

포 역시 구루미의 얼굴을 바라보고 있지 않았다. 집요하게 코를 움켜쥔 상태로 제멋대로 선언을 했다.

"함께?"

아사미라는 여자 직원이 포의 얼굴에 여전히 홀린 표정인 상태로 물었다. 구루미와 포가 어떤 사이인지 궁금해하는 것 같았다. 솔직히 그 마음은 충분히 이해가 간다. 포의 말과 태도는 고용주 같지가 않았기 때문이다.

"그러니까……."

친척이나 오래 알고 지낸 친구라는 설정으로 얼버무리려고 했지만 검은 고양이 왕자가 모두 망쳐버렸다.

"맞다. 이불은 한 채밖에 없지만 함께 자기에는 충분해. 구루미가 나를 껴안고 자면 돼. 따뜻해질 거야."

여자 직원이 괴고 있던 턱이 밑으로 툭 떨어지고 대머리 남자는 눈이 휘둥그레졌다.

"이제 돌아가자, 구루미."

"……어."

무슨 말을 해도 이미 늦었다. 세상 사람들의 눈 따위 잊어버리기로 했다. 포를 따라서 공인중개사 사무실 밖으로 나갔다.

◆

카페에 도착한 뒤 포가 커피를 내렸다.

"구루미에게 잘 어울리는 어레인지 커피*가 있어."

뭐라고 대답해야 할지 몰라서 미간을 찌푸리고 있는데 달콤한 과일향이 솔솔 풍겨왔다.

* arrange coffee. 블렌딩 커피에 생크림, 곡물, 술, 과일 등 다양한 첨가물을 추가한 것이다.

"카페 드 폼. 커피에 브랜디와 사과즙을 넣고 사과를 얇게 썰어 띄운 거야."

레시피를 중얼거리며 커피를 가져왔다. 커피에는 정말로 얇게 썬 사과가 들어 있었다. 맛있어 보였다. 하지만 카페 드 폼이 구루미에게 잘 어울리는 커피인지는 모르겠다.

"사과를 먹고 지혜가 생기면 좋겠군."

그런 의미인가. 사과가 지혜의 상징이라는 것 정도는 알고 있다. 일부러 커피에 넣어서 구루미를 놀린 것일까.

"너 말이야……."

"뭐?"

"아무것도 아냐."

말해봤자 아무 소용도 없다. 말로 이길 수 없다. 그저 피곤해질 뿐이다.

포를 흘겨보면서 구루미는 커피를 마셨다.

슬그머니 화가 났지만 카페 드 폼은 입에 잘 맞는 커피였다. 커피의 그윽한 향기와 사과의 달콤함이 우러나서 기가 막히게 맛있었다.

"굉장히……맛있다."

"내가 커피를 내렸으니까 당연히 맛있지."

포의 사전에는 겸손이라는 단어가 없는 듯했다

한 시간 정도 함께 있었을 뿐인데 구루미는 몹시 피곤했다. 앞으로 카페에서 포와 함께 살 수 있을까? 앞날이 걱정된다.

한숨을 쉬는 구루미는 사과꽃에 '가장 다정한 여자에게', '선택받은 사랑'이라는 의미의 꽃말이 있다는 것을 미처 몰랐다.

삼색 고양이와
커피 아마레토

커피 아마레토. *Coffee Amaretto*

커피에 럼과 아몬드를 넣은 것.
아몬드 맛이 나는 리큐어를 넣으면
알코올 도수가 높아져서
많이 마시면 취하게 된다.

1

만난 지 얼마 안 된 고양이의 말을 믿을 수는 없다. 더구나 이 검은 고양이는 성격이 괴팍하다. 정말로 카페에서 일해도 되는지 정말로 카페에서 살아도 되는지 하나 씨에게 정확히 확인할 필요가 있었다.

카페 드 폼을 다 마시고 나서 바로 하나 씨에게 전화를 걸었다. 쉽게 연결이 되었다. 하나 씨는 건강한 것 같았다. 그런데 구루미의 이야기를 끝까지 듣지도 않고 이렇게 말했다.

"두 사람한테 카페를 맡길게. 자기 집이다 생각하고 지내."

구루미의 일자리와 잠자리가 한꺼번에 시원스럽게 결정되었다. 기뻐해야 할 일이지만 다른 이야기가 이어졌다.

"결혼할 거지?"

"네?"

구루미가 하나 씨에게 되물은 이유는 무슨 말인지 이해가 잘 가지 않았기 때문이다. 갑자기 귀가 안 좋아진 느낌이 들었다.

그러자 하나 씨가 또렷한 목소리로 말했다.

"결혼할 거지? 포 씨랑."

"네?"

결혼?

고양이랑 결혼?

고양이가 할퀴어서 혈흔이 생겼냐는 말이면* 이해가 가지만 결혼이라면 그것은 남녀가 부부가 되는 걸 의미한다.

몇 가지 의문점이 머릿속에 떠올랐다. 하나 씨가 어째서 그런 말을 하는지 이해할 수 없었다. 도대체 무슨 이유로 그런 질문을 할까?

전화 저편에서 하나 씨가 수수께끼를 풀어주기 시작했다.

"포 씨한테 들었어. 구루미 씨가 애인이랑 카페를 하려고 출판 사를 그만뒀다고. 나랑 처음 만났을 때 진작 이야기하지 그랬어."

---

* 일본어로 결혼과 혈흔은 'けっこん'으로 발음이 동일하다.

그런 이야기는 처음 들었다.

포의 모습을 찾았더니 카운터에서 뭔가를 하고 있었다. 구루미 쪽을 보려고 하지는 않았지만 확실히 귀를 쫑긋 세우고 엿듣고 있었다. 그 모습을 보고 확신했다.

이 검은 고양이가 하나 씨에게 거짓말을 해서 카페 점장 자리를 차지했던 것이다. 고양이에서 사람으로 둔갑해서 속였던 걸까? 어처구니없는 녀석이다.

검은 고양이한테 속은 것도 모르고 하나 씨는 계속 이야기했다.

"결혼할 남자랑 함께 지내는 거라면 아무 문제없지."

포와 구루미가 둘이서 카페를 한다는 설정을 하나 씨는 그대로 믿고 받아들이고 있었다.

이제 와서 하나 씨에게 포가 거짓말을 했다고 말할 수는 없다. 다세대 주택은 이미 계약을 해지해 이곳으로 구루미의 짐을 모두 옮겨 왔다. 하나 씨는 진부한 가치관의 소유자답게 구루미의 아버지가 시청에 다니던 공무원이었고 구루미가 대형 출판사에 다녔다는 사실만으로 전적으로 신뢰를 했다. 하지만 구루미를 카페 점장으로 고용할 마음은 없어 보였다.

진실을 전한다고 해도 고양이가 사람으로 둔갑했다는 이야기를 하나 씨가 도저히 믿어줄 것 같지 않았다. 제대로 설명할 자신도 없었다.

큰일 났다.

어떻게 해야 할까.

곰곰이 생각해도 해답이 나오지 않았다. 겨우 마련한 일자리와 잠자리를 한꺼번에 잃어버리고 싶지 않다는 속셈도 들어 있었다. 구루미의 침묵을 부끄러움 때문이라고 생각한 듯 하나 씨가 이야기를 이어나갔다.

"포 씨나 구루미가 식품 위생 책임자 자격증을 땄으면 좋겠어."

카페를 맡기는 것을 전제로 한 설명이 시작되었다.

카페를 운영하려면 식품 위생 책임자 자격증이 있는 사람이 적어도 한 명은 있어야 한다. 그런데 자격증을 따는 건 그리 어렵지 않다. 각 지역에서 열리는 강습회를 수강하면 식품 위생 책임자 자격증을 취득할 수 있다. 참고로 말하자면 강습회는 6시간만 수강하면 된다. 그 다음에 간단한 테스트를 통과하면 식품 위생 책임자 자격증을 취득할 수 있다.

"쉽게 딸 수 있어."

하나 씨는 그렇게 말하지만 고양이에게는 무리다. 누구나 수강할 수 있다고 해도 그 누구나 안에 고양이는 포함되지 않을 것 같다는 생각이 든다. 각 지역에서 열리는 강습회에서도 고양이

수강생은 상상조차 하지 않았을 것이다.

"커피 구입이나 여러 가지 상세한 내용은 포 씨에게 전달해뒀어."

하나 씨는 '포'라는 이름을 이상하게 생각하지 않는 듯하다. 특이한 이름이 흔해졌기 때문일까. 하긴 요즘 세상에는 키티, 푸 같은 이름의 아이도 있으니까. 포라는 이름이 있어도 이상할 게 없다. 그게 아니더라도 남의 이름을 이러쿵저러쿵 평가하기는 어려울 것이다. 교양 있는 하나 씨라면 더더욱 그럴 것이다.

아무튼 구루미는 카페에서 일하기로 결정되었다. 주의다운 주의도 듣지 않고 거저먹기였다.

"카페가 안 망하게 부탁해. 가급적 안 망하는 편이 좋지."

하나 씨가 이야기를 마무리했다.

가급적이면 안 망하는 편이 좋은가, 가급적이면.

부담을 주지 않으려고 하는 말인지 모르겠지만 이 카페가 망하면 구루미는 정말로 갈 곳이 없어진다.

출판사에 계약직 직원으로 들어가서 근무하다가 정리해고를 당했다. 다시 일자리를 구하려고 열심히 노력했지만 어느 회사에서도 구루미를 원하지 않았다. 떨어졌다는 통보를 받을 때마다 구루미는 자신이 불필요한 사람이라는 소리를 들은 것 같은 기분에 사로잡혔다.

모처럼 찾은 일자리다. 살아야 할 곳이기도 하다. 이제 실패는 용납되지 않는다.

"절대로 안 망하게 할게요. 카페가 잘되도록 노력하겠습니다."

스스로 다짐하듯이 하나 씨에게 약속했다.

포가 조그맣게 고개를 끄덕이는 모습이 보였다. 마치 계획대로 잘 되었다고 말하듯이.

2

수화기를 내려놓자 포가 카운터에서 새로운 커피를 내리기 시작했다. 원두를 드륵드륵 갈아서 뜨거운 물을 붓는다.

"좋은 원두야."

고양이 주제에 좋은 원두를 구별할 줄 안다는 식으로 중얼거렸다. 미남인 데다가 기모노를 입고 있어서인지 커피 광고를 하는 것처럼 멋져 보였다. 하지만 하나 씨에게 거짓말을 했다는 게 들통났는데도 아무렇지도 않은 태도로 있는 것이 약간 괘씸했다.

"좋은 원두인지 아닌지 고양이도 알아?"

구루미가 밉살스럽게 물어보았지만 아무 소용도 없었다.

"사람이 아는 건 대부분 알아. 후각이나 미각도 사람보다 훨씬 뛰어나거든."

한없이 건방지다. 혐오감이 두 배가 되어 돌아왔다. 간절하게 필요해서 포와 함께 일하기로 결정했지만 실수한 건지도 모르겠다.

포가 이어서 말했다.

"커피를 발견한 것도 사람이 아니잖아."

아마도 칼디의 전설을 말하는 것 같다.

"소년 칼디가 기르는 고양이가 커피 열매를 발견했잖아."

"고양이가 아니라 염소야."

"비슷하지 않냐."

엉터리 대답이 돌아왔다. 염소와 고양이는 당연히 다르다고 생각하지만 하나하나 따지는 것도 귀찮아서 그냥 넘겼다.

백번 양보해서 고양이가 맛을 구별할 수 있다고 하자. 하지만 그래도 의문점은 남는다.

"고양이가 카페를 운영할 수 있어?

카페뿐만 아니라 모든 비즈니스는 어렵다. 최고라고 인정받는 회사도 하루아침에 망하는 시대다. 구루미가 일했던 대형 출판사도 여러 번 위기를 겪었다.

"걱정 마. 손님이 오면 카페는 망하지 않아."

"그럴지도 모르지만……카페에 손님이 온대?"

"당연한 질문은 하지 마. 좋은 원두를 사용해서 맛있는 커피를 내리면 손님은 온다고."

원두의 차이를 아는 검은 고양이 왕자가 자신감에 가득 차서 딱 잘라 말했다.

"그건 잘 모르겠는데."

구루미는 고개를 갸웃거렸다.

상품이 좋으면 잘 팔리는 시대는 이제 지나갔다. 출판사에서 수도 없이 경험했다. 좋은 책을 자꾸 만들어도 팔리지 않고 계속 쌓여만 간다. 책의 내용을 열심히 홍보해도 역시 팔리지 않는다. 홍보한 만큼 적자가 난 적도 많다.

"그건 좋은 상품이 아니었던 것뿐이지."

"그렇지 않아! 다들 좋은 책이라고 입을 모아 말했다고!"

"다들? 다들 좋다고 한 건 상관없어."

포는 쌀쌀맞게 중얼거리며 구루미의 눈을 똑바로 바라보았다.

"너한테 좋은 책이었어? 좋은 상품이라고 당당하게 말할 수 있냐고? 자신이 만든 책을 아주 좋아한다고 말할 수 있어?"

"그건······."

말문이 탁 막혔다. 시키는 대로 했지만 그래도 몇십 권의 책을 만드는 데 참여했다.

그 모든 책을 구루미는 '좋은 책'이라고 당당하게 말할 수 있을까? 그 책들을 아주 좋아한다고 말할 수 있을까?

모르겠다.

생각해본 적도 없다. 구루미는 시키는 대로 그저 책을 만들었을 뿐이다. 자신의 의지대로 책을 만든 것은 아니다.

"스스로 좋아한다고 말할 수 없는 책을 다른 사람이 사줄 리 없잖아. 간단한 이치야."

구루미는 포의 말에 찍소리도 하지 못했다. 책이 팔리지 않았던 이유가, 정리해고 당한 이유가, 구루미 자신에게 문제가 있었기 때문이라고 포는 말한 것이다.

"커피를 맛있게 내리면 손님은 찾아온다고. 나를 믿어봐. 자신감을 갖고."

검은 고양이는 반복해서 말했다. 수상쩍은 자기계발 세미나에 온 것 같았다.

하지만 포의 말을 듣고 구루미는 마냥 웃을 수는 없었다. 자기도 모르게 고개를 끄덕거리고 있었다.

3

포의 말은 사실이었다.

식품 위생 책임자 자격증을 따고 정식으로 카페를 열자마자 마치 기다렸다는 듯이 손님이 찾아왔다.

주위가 캄캄해지기 시작한 오후 6시가 조금 지났을 무렵이었다. 스윙 도어에 붙어 있는 벨이 짤랑짤랑 울리고 스무 살 전후로 보이는 젊은 남자가 카페로 들어왔다.

그 손님은 기모노를 입고 있었다. 적갈색 기모노에 안에는 하얀색 티셔츠를 받쳐 입고 검은색 허리띠를 하고 있었다. 더구나 기모노 색깔과 같은 계열인 갈색 머리카락을 길게 길러서 가볍게 뒤로 묶고 있었다.

가와고에는 '작은 에도'라고 불리는 지역이어서 기모노 차림은 그다지 신기하지 않았다. 포 역시 기모노를 입고 있었다. 그런데 그 손님은 말투가 조금 특이했다.

"아직 영업 중입니까요?"

"……네."

"그렇다면 실례하겠습니다요. 커피 한 잔 대접받고 싶습니다요."

뭔가 만화 캐릭터가 이야기하는 듯한 말투였다. 누구나 알고 있는 인기 만화 캐릭터가 되고 싶은가 하고 생각될 정도였다. 하지만 억지로 꾸며낸 느낌은 들지 않고 나름 잘 어울렸다. 확고한 만화광인지도 모르겠다.

만화 캐릭터를 코스프레하는 사람이라도 손님은 손님이다. 아무한테도 피해를 주지 않는 사람인데 굳이 난생처음 본 구루미가 이러쿵저러쿵 잔소리할 필요는 없다.

"……어서 오세요."

일단 자리로 안내했다.

"좋은 향기가 납니다요. 맛있는 커피를 마실 수 있을 것 같습니다요."

구루미에게 자꾸 말을 건넸다. 더구나 생글생글 웃고 붙임성이 있었다. 얼굴 생김새도 귀엽고 연상의 여자에게 인기가 많을 것 같은 분위기를 풍기고 있었다. 스무 살 전후라고 생각했는데 막상 대화를 해보니 고등학생일지도 모른다는 느낌이 들었다.

마음에 위안을 주는 미소년이라고 구루미는 생각했다. 귀여운 얼굴의 연하남. 생활에 찌든 여자가 꿈꾸는 존재다. 이야기를 나누는 것만으로도 기분이 좋아졌다.

"추천하는 커피는 무엇입니까요?"

"오리지널 블렌딩 커피가 있어요."

포가 배합한 블렌딩 커피다. 원두 3종류를 섞었기 때문에 원두가 한 종류뿐인 스트레이트 커피에는 없는 풍부하고 그윽한 향과 맛을 즐길 수 있는 것이 블렌딩 커피인 듯하다. 추측해서 말하는 이유는 포가 원두의 배합을 가르쳐주지 않았기 때문이다. 검은 고양이는 스스로 찾아야 한다고 잘난 체하듯 말했다.

"기대가 됩니다요."

"그렇다면 오리지널 블렌딩 커피를 갖다 드릴게요."

"천천히 주셔도 됩니다요."

"감사합니다."

만화 캐릭터 같은 말투에 위화감을 느꼈던 사실조차 잊어버리고 구루미는 웃는 얼굴로 대응했다. 그런데 성격이 괴팍한 검은 고양이 왕자가 갑자기 끼어들었다.

"마게타, 잘 왔어."

그 말을 듣자 웃음기 가득했던 구루미의 얼굴이 굳어졌다.

마게타?

아무리 생각해도 사람의 이름이 아니다. 반짝반짝 튀는 이름이라고 해도 너무 심했다. 더구나 포와 아는 사이인 듯하다.

포의 정체는 이제 와서 다시 말할 필요가 없다. 검은 고양이가 사람으로 둔갑한 것이 포다. 그런 포와 아는 사이라는 것은……

설마.

아니다, 성급하게 단정하지는 말자. 별명일 가능성도 있다. 마게타. 마게타. 마게타. 있을 법한 별명이다. 구루미는 스스로 타일렀다.

그러나 그렇지 않았다. 정답은 설마 쪽이었다.

"사나이는 한 입으로 두 말 하지 않습니다요."

"'사나이'가 아니라 '고양이'잖아."

포가 지적하자 마음에 위안을 주는 미소년 마게타가 속담을 이렇게 바꾸었다.

"고양이는 한 입으로 두 말 하지 않습니다요."

그렇다. 마게타 역시 고양이였다.

"용케 이 카페를 찾아왔네."

"맛있는 커피 향기에 이끌려서 왔습니다요."

"그래."

"후각에는 자신이 있습니다요."

기모노 차림의 미남 둘이서 대화를 나누고 있고 그 옆에서 구루미는 현기증에 시달렸다. 지금까지의 상식이 와장창 소리를 내며 무너졌기 때문이다. 세상이 확 뒤바뀐 느낌이다.

고양이가 카페 점장이고 손님도 고양이다. 여기저기 말하고 다녀도 아무도 믿지 않을 것이다. 실제로 눈앞에 있는 두 사람은 커피를 좋아하는 기모노 차림의 미남으로밖에 보이지 않았다. 털이 복슬복슬하지도 않고 야옹, 하고 울지도 않는다.

응?

잠깐만 기다려.

구루미는 미간을 찡그렸다.

포는 물론 마게타가 고양이라는 증거는 아무 데도 없다. 그럴 듯한 이야기를 하고 있을 뿐인지도 모른다.

마게타에 대해서는 잘 모르지만 포는 성격이 괴팍한 데다 거짓말쟁이다. 아는 고양이라고 속이며 구루미를 놀리는 정도는 얼마든지 할 수 있다. 고양이에게 아는 사람이 있나 하는 점은 의문이다. 하지만 사람으로 둔갑해서 하나 씨에게 거짓말할 정도로 교활한 성격이다.

검은 고양이가 하는 말을 믿어서는 안 된다.

중요한 것이니까 다시 한번 반복한다. 검은 고양이가 하는 말을 절대로 믿어서는 안 된다. 절대로 말이다.

그래서 구루미는 마게타의 정체를 직접 확인해보기로 했다.

구루미의 기억이 정확하다면 포의 피부에 손이 닿은 순간 사람이었던 포가 고양이로 변했다. 누구에게나 적용되는 것인지는 모르지만 마게타가 고양이인지 아닌지 확인해보는 방법은 그것밖에 없다.

구루미는 마게타 옆으로 바싹 다가가서 최대한 자연스럽게 말을 걸었다.

"안녕하세요. 부점장인 마시타 구루미예요."

그리고 오른손을 내밀어서 악수를 청했다. 냉정하게 생각해보면 조금도 자연스럽지 않다. 외국도 아닌데 처음 만난 손님에게 악수를 청하는 직원은 없을 것이다.

하지만 마게타의 반응은 순수하기 그지없었다. 아무런 망설임도 없이 마게타는 구루미의 손을 덥석 붙잡았다.

"잘 부탁드립니다요."

평범한 손이었다.

"마게타라고 합니다요."

마게타는 다시 한 번 구루미에게 꾸벅 인사를 했다.

고양이가 아니었나? 구루미는 포한테 또 놀림을 당한 걸까?

정직원이 될 거라고 믿고 20대 중반을 출판사에서 열심히 일했지만 정리해고 당한 구루미를, 세상은 아직도 속이려고 하는 걸까?

미남 왕자도 변태 왕자도 아니라 거짓말쟁이 왕자다. 진짜 고양이가 아닐지도 모른다.

"너도 고양이는……."

포에게 따지려는 순간이었다. 바로 마게타에게 변화가 나타났다. 마게타의 몸이 줄어들기 시작했다.

슈슈슈슉, 하고 줄어들었지만 여전히 마게타와 구루미는 손을 서로 붙잡은 채였다. 자그마한 아이의 손을 붙잡고 있는 것 같은 모습이었다.

"흔들흔들거리는 거냥요."

마게타는 마냥 즐거워하고 있었다. 놀아주기 바라는 것처럼 구루미에게 완전히 체중을 맡기고 있었다. 아무런 경계심도 없이 해맑게 웃고 있는 마게타의 손을 놓기는 어려웠다.

마침내 머리에 삼각형 모양의 귀가 생겨나고 완전히 고양이의 모습이 되었다. 그리고 기모노가 벗겨졌다.

"이……이 고양이는……."

보는 순간 바로 알았다. 누구라도 알 수 있는 그 고양이다. 마게타의 정체는 흰색, 갈색, 검은색, 세 가지 색깔을 지닌 삼색 고양이다. 꼬리가 짤막하고 끝은 솜뭉치처럼 둥근 삼색 고양이다.

책을 만들 때 얻었던 지식이 담긴 구루미 전용 사전, 자칭《구루미피디아》에 따르면 삼색 고양이는 대부분 암컷이고 수컷은 거의 없다고 한다. 삼만 마리 중 한 마리 정도가 수컷일 정도로 희귀하다고 한다. 마게타는 희소성이 있는 수고양이다.

"삼색 고양이다."

포가 새삼스럽게 소개했다. 삼색 고양이. 마네키네코의 모델이 될 때도 많고 예전부터 여기저기서 볼 수 있는 유명한 고양이가 삼색 고양이다. 사교적이고 사람을 잘 따르는 고양이라는 말도 있다. 잠깐 동안 이야기를 나누었지만 마게타의 성격도 딱 그렇다고 생각했다.

"정체가 들통난 겁니까요옹."

그렇게 말하면서 코를 들이대고 구루미의 손을 살짝 핥았다. 까칠까칠한 혀로 낼름낼름 구루미의 손을 간지럽혔다.

역시 마음에 위안을 주는 미소년, 아니 삼색 고양이다. 구루미는 마게타의 머리를 쓰다듬어주었다. 폭신폭신 손으로 만지는 느낌이 참 좋았다.

"기분 좋습니다요옹."

마게타는 눈을 가늘게 뜨고 황홀한 표정을 짓고 있었다. 정말로 귀여운 삼색 고양이다. 턱 밑을 간질간질 간지럽히자 그릉그릉 기분 좋은 울음소리를 냈다. 그래서 배도 쓰다듬어주려고 하는데 방해꾼이 끼어들었다.

"카페에서 까불지 좀 마라."

포다. 구루미 곁에서 마게타를 들어 올려 다시 옆쪽 바닥에 내려놓고 삼색 고양이의 머리를 톡톡 두드렸다. 진짜로 아프게 때리는 것이 아니라서 경쾌한 소리가 났다.

"손님이라면 손님답게 굴어야지. 직원 손을 왜 핥아?"

포가 마게타에게 설교를 했다.

"손을 핥으면 안 되는 거라면 뺨을 핥겠습니다요옹."

말이 끝나자마자 삼색 고양이 마케타가 우다다 달려와서 구루미의 뺨을 혀로 날름날름 핥았다.

"핥지 말라고 했잖아! 우리 카페 메뉴에는 그런 서비스는 포함되지 않았다고!"

"숨어 있는 서비스 메뉴입니다요옹."

"마음대로 만들지 마!"

포가 다시 삼색 고양이의 머리를 톡톡 두드리려고 했다. 성격이 괴팍해 보이는 미남이 삼색 고양이를 괴롭히는 것으로밖에 보이지 않았다.

"그만해!"

구루미는 삼색 고양이를 구해내기 위해 재빨리 안아서 들어올렸다.

그 순간 찰싹 하는 소리가 났다. 포의 손바닥이 구루미의 손등을 때린 소리였다.

구루미는 하나도 아프지 않았지만 서로 살갖과 살갖이 또 닿고 말았다.

"뭐냥!! 뭐 하는 거냥!?"

포가 당황한 목소리로 항의했지만 구루미는 침착했다. 아무튼 이번이 세 번째다. 마게타의 변신을 포함하면 네 번째다. 아무리 신기한 현상이라도 거듭되면 익숙해지기 마련이다.

약속이라도 한 것처럼 포의 몸이 줄어들어 검은 고양이가 되었다. 입고 있었던 기모노가 바닥에 스르륵 떨어졌다.

겉보기에는 귀여운 검은 고양이지만 성격은 하나도 귀엽지 않다. 온몸의 털을 곤두세운 채 구루미에게 소리를 꽥 질렀다.

"나 만지지 말라고 했잖냥!!"

"그쪽이 내 손등을 쳤잖아."

"비켜라냥!!"

어이가 없다. 포는 화가 가라앉지 않았는지 구루미의 이마를 볼록한 발바닥으로 찰싹찰싹 때리기 시작했다.

"닿아서는 안 된다고 했잖냥. 학습을 해야 한다옹!!"

소리에 비해서 하나도 아프지 않다고 구루미는 생각했다. 마치 자그마한 고무 공으로 치는 것 같은 감촉이다. 이런 걸 고양이 냥냥 펀치라고 하는 걸까.

냥냥 펀치에 신기해하고 있는데 마게타가 끼어들었다.

"포 님냥. 그렇게 화를 내서는 안 됩니다요옹. 여자를 때려서는 안 됩니다요옹."

"훈육은 중요하다냥."

구루미가 훈육을 당하는 쪽인 듯하다.

"폭력으로는 해결이 안 됩니다요옹. 학대를 멈추십시오옹."

구루미가 학대를 받는 쪽인 듯하다.

학대라고 말하는 마게타의 호소가 효과가 있었는지 포가 냥냥 펀치를 멈추고 설교조로 구루미에게 말했다.

"만져서는 안 된다냥! 만지고 싶어도 참아야 한다냥!"

욕구 불만인 변태인가. 사람 말투가, 아니 고양이 말투가 너무 불량스럽다. 숙녀의 명예를 지키기 위해서 최선을 다해 부정했다.

"안 만졌어! 만지고 싶다니? 무슨 소리야!? 참으라고 뭘!?"

"마게타를 만졌잖냥! 마게타가 핥아주니까 기분 좋은 표정을
지었잖냥!"

구루미가 기분 좋은 표정을 지었을지도 모른다. 마케타에게
위로를 받은 것은 사실이기 때문이다. 그래서 그 부분은 쏙 빼놓
고 구루미가 반론했다.

"진짜 고양이인가 아닌가 확인하려고 했을 뿐이라고!"

그러자 포가 폭탄 발언을 했다.

"확인할 필요 없다냥! 이 카페는 앞으로 고양이만 찾아올 예정
이다냥!"

"뭐라고……"

무슨 의미인지 모르겠다고 말하고 싶었지만 어쩐지 저절로 이
해가 갔다.

"혹시……고양이 손님만 받을 생각이야?"

"달리 어떤 방법이 있냥? 처음부터 그럴 예정이었다옹. 이제
와서 무슨 소리냥?"

이제 와서고 뭐고 처음 듣는 소리다.

"고양이 손님만 받는다니……"

따져야 할 부분이 너무 많아서 반대로 말문이 막혀버렸다. 생각지도 못한 전개에 구루미는 눈이 핑핑 돌아가는 것 같았다.

"뭘 놀라냥? 무슨 문제 있냥?"

"다들 깜짝 놀란다고! 문······문제 너무 많아!"

"무슨 문제냥?"

포가 추궁했다.

"고양이는 돈이 없잖아?"

돈이 없으면 카페 손님이 될 수 없다.

정곡을 찌르는 지적이라고 자부했지만 보기 좋게 어긋났다.

"커피 마실 돈 정도는 갖고 있습니다요옹."

마게타가 끼어들었다. 조금 실망한 듯한 표정을 짓고 있었다.

"돈이 없으면 카페에 안 옵니다요옹. 저는 돈도 없이 와서 커피를 마시지 않습니다요옹."

앞발을 바닥에 떨어진 자신의 기모노 안에 집어넣고 발톱으로 작은 주머니를 잡아당겨서 꺼냈다. 그리고 구루미의 발밑에 갖다 놨다. 짤랑 소리가 났다.

"뭐야?"

"열어보십시오옹."

"문제의 답이 들어 있다냥?"

고양이 두 마리가 번갈아 재촉해서 주머니를 열어보니 동전 몇십 개가 들어 있었다. 더구나 오백 엔짜리 동전도 몇 개나 섞여 있었다. 구루미의 지갑 안에 있는 돈보다 훨씬 더 많이 있었다. 엉겁결에 동전에 손을 뻗으려고 했지만 자제력을 총동원해서 참았다.

"······어떻게 된 거야. 이거?"

"떨어져 있는 동전을 주워서 모은 것입니다요옹."

"그랬구나."

이해가 가는 대답이었다. 자동판매기 밑에 떨어져 있는 돈만 해도 4~5억 엔, 자동판매기 밑뿐만 아니라 모든 바닥에 떨어져 있는 돈을 다 합치면 도쿄만 해도 몇십억 엔은 될 것이다. 마게타는 그 동전 중에 일부를 주워서 모은 것이다.

떨어진 물건을 몰래 훔치면 범죄다. 하지만 고양이에게 법률은 아무런 상관도 없다. 원하는 만큼 고양이는 돈을 주울 수 있다.

그러니까 고양이들은 부자였다. 마게타가 말했듯이 커피를 마실 돈 정도는 갖고 있었다.

구루미는 고개를 숙이고 생각했다. 카페를 해서 흑자를 내기는 어렵다. 경쟁 카페가 너무 많이 있기 때문이다. 거대 자본의 유명 카페 체인점과 경쟁해서 이기기는 쉽지 않다. 요즘에는 편의점에서도 갓 내린 원두커피를 팔고 있다. 업계 강자들이 손님을 빼앗아가고 있다.

그에 비해 고양이를 손님으로 삼는 카페는 존재하지 않는다. 적어도 들어본 적이 없다. 말하자면 경쟁자가 없는 세계다. 경쟁자가 없는 만큼 승산이 있을 것 같은 기분도 든다.

"아……알았어. 네 말대로 할게."

"이해했어?"

"거봐요. 내가 말한 대로잖습니까요. 이야기하면 이해할 줄 알았습니다요."

고양이들의 말투와 분위기가 싹 달라졌다.

고개를 들어보니 상황이 완전히 뒤바뀌었다. 손을 뻗으면 닿을 수 있는 거리에 미남과 미소년이 서 있었다. 사람으로 둔갑한 포와 마게타다. 구루미는 숨을 꾹 참았다.

사람으로 둔갑한 것은 괜찮지만 포도 마케타도 기모노를 걸치지 않고 있었다. 아무것도 가리지 못한 상태에서 진지한 얼굴로 구루미를 바라보고 있었다.

벌거벗은 몸으로 이쪽을 바라보지 않았으면 좋겠다.

이제 비명을 지를 기력조차 남아 있지 않았다. 이삼일 사이에 남자의 벗은 몸을 여러 번 봤기 때문일까. 결혼 전의 여자가 젊은 남자의 벗은 몸에 익숙해지고 있었다.

"……빨리 옷을……입어."

하다못해 앞은 가렸으면 한다. 구루미는 두 사람에게 부탁했다.

"여기다 두셨으면 합니다요."

몇 분 뒤에 마게타가 말했다.

사람으로 둔갑한 고양이들은 구루미의 부탁을 듣고 기모노를 주섬주섬 걸쳤다. 이제 기모노 차림의 미남과 미소년 두 사람이 구루미의 눈앞에 서 있었다.

다행히도 벌거벗은 남자에게 고개를 숙이는 사태를 피할 수 있었다. 그런데 마게타가 무슨 부탁을 하는지 이해가 잘 안 갔다.

"여기다 두다니 뭘?"

"저 말입니다요. 이 카페에서 길러주었으면 합니다요."

"뭐? ……그 말은 여기서 계속 살겠다는 뜻이야?"

"그렇습니다요."

마음에 위안을 주는 미소년이 꾸벅 하고 고개를 숙였다.

포에 이어서 마게타한테도 길러달라는 말을 들었다. 인생에 세 번은 찾아온다는 인기 폭발 시기가 바로 지금인 건가.

하지만 사람의 모습을 하고 있어도 정체는 고양이다. 구루미는 흔들림 없는 마음으로 이야기했다.

"지금까지 길러준 집사는 어떻게 하고?"

구루미가 묻자 마게타가 깜짝 놀란 표정을 지었다.

"어떻게 집에서 기르는 고양이라는 걸 알았습니까요?"

"그 정도는 알지."

사람이 만져도 가만히 있고 고양이로 바뀐 모습을 봐도 털에 윤기가 좌르르 흘렀기 때문이다. 마게타의 털은 브러시로 잘 손질이 되어 있었다. 아무리 사람으로 둔갑할 수 있다고 해도 고양이가 스스로 브러시를 가지고 털을 고르지는 못했을 것이다. 사람으로 둔갑하면 푹신푹신한 털은 사라져버리기 때문이다.

그런데 솔직하게 말하면 포가 구루미의 품에 안겼을 때도 검은 털에 윤기가 좌르르 흘러서 무척 아름다웠다. 그렇다면 포 역시 집에서 기르던 고양이였을까?

그렇지만 집으로 돌아갈 기색도 없고 처음에 만났을 때도 택배 상자 안에 들어 있었다. 성격이 포악해서 집사에게 버림을 받았던 걸까? 집사의 심정이 충분히 이해가 간다.

하지만 포는 지나치게 당당하고 잘난 체를 많이 한다. 버림을 받은 것이 아니고 길러준 집사 품에서 스스로 도망쳤을 가능성도 있다. 아무래도 대우에 불만을 품고 집에서 뛰쳐나간 것 같은 표정을 짓고 있었다.

"가출했습니다요."

"……역시."

엉겁결에 구루미는 고개를 끄덕였다. 이것은 마게타 자신의
이야기였다.

"더는 그 집에서 살 수 없게 되었습니다요."

그렇게 말하고 어깨를 축 늘어뜨렸다. 당장이라도 울음을 터
트릴 것 같은 슬픈 표정이었다.

마음에 위안을 주는 연하의 미소년이 풀 죽은 모습으로 있는
것을 보니 가만히 놔둬서는 안 될 것 같은 기분이 들었다. 마게타
는 모성본능을 자극하는 녀석인지도 모르겠다.

"무슨 일 있었어?"

구루미가 마게타에게 사정을 물어보았다.

"저를 길러준 집사 메구미 님한테 스토커가 나타났습니다요.
함께 있으면 위험해집니다요."

손님도 오지 않는 카페에 마게타는 수상한 사건을 끌고 들어
왔다.

4

다음 날 아침에 구루미는 카페를 나섰다.

카페 바깥에는 전에 봤던 호랑이 무늬 어미 고양이와 새끼 고양이가 있었다. 외출하려고 차려입은 구루미를 보고 고양이들이 인사를 했다.

"다녀오세요옹."

"응. 다녀올게."

대답하고 나서 구루미는 화들짝 놀랐다. 당연한 듯이 고양이와 대화를 나누고 있었기 때문이다. 전혀 위화감을 느끼지 않았다. 고양이가 사람처럼 말하는 세계에 구루미는 순응하고 있었다. 사람으로서 위험한 영역에 발을 들여놓은 듯한 느낌이 들었지만 뭐 이제 와서 새삼스럽게 놀랄 것도 없었다.

"차 조심해."

구루미는 어미 고양이와 새끼 고양이에게 손을 흔들고 걷기 시작했다.

이날 구루미는 카페를 열기 전 남는 시간을 이용해서 가와고에 1번가 상가에 가보려고 생각했다.

1번가는 가와고에 관광의 중심지다. '구라즈쿠리 거리'라고 불리는 곳으로 에도 정서가 가득한 흙벽으로 된 점포가 쭉 늘어서 있었다. 시간의 종과 요코초 과자점도 1번가에 있었다. 중요 전통 건물 보존 지역으로 지정되어 있는 곳이다. 각종 전선은 땅속에 파묻혀 있다. 한 마디로 설명하면 가와고에 1번가는 전선이 없는 아름다운 지역이다.

이 지역에 사는 사람의 눈으로 봐도 흥미로운 곳이지만 구루미가 1번가로 향하는 이유는 관광을 위해서도 요코초 과자점의 과자를 사기 위해서도 아니다. 용무는 따로 있었다.

구루미의 발밑에는 검은 고양이와 삼색 고양이가 나란히 걷고 있었다. 얼핏 보면 고양이를 데리고 산책하는 것처럼 보이지만 끌려가는 것은 구루미 쪽이었다.

"이 거리 끝에서 음식점을 하고 있습니다요옹."

"이제 5, 6분이면 도착한다냥."

마게타와 포가 차례로 알려주었다.

아까부터 두 마리는 자유롭게 이야기를 주고받고 있었다. 평일 오전인데도 사람들이 꽤 많이 오가고 있었다. 어쩐지 주목을 받고 있는 듯한 기분이 든다.

시선이 신경 쓰여서 포와 마게타가 이야기할 때마다 구루미는 혼자서 마구 지껄였다.

"아니에요! 고양이랑 이야기하는 게 아니에요! 복……복화술 하는 거예요."

"왜 그렇게 벌벌 떠는 거냥."

"수상쩍습니다요옹. 구루미 님냥."

결국 고양이들에게 주의를 듣고 말았다.

"사람들 눈도 있고 이야기 좀 그만하는 게 어떨까……."

구루미의 말을 듣고 포는 어이없다는 표정으로 코웃음을 쳤다.

"고양이의 말을 알아듣는 사람은 구루미밖에 없다냥."

"포 님 말이 맞습니다요옹. 제가 아는 한 고양이와 이야기할 수 있는 사람은 구루미 님밖에 없습니다요옹. 희귀합니다요옹."

수컷 삼색 고양이 마게타는 구루미에 대해 감탄했다. 그리고 포와 마게타, 고양이 두 마리가 신이 나서 앞다퉈 말했다.

"구루미는 운이 좋구냥."

"행운이라고 생각해야 합니다요옹."

구루미를 바보 취급하는 기색은 아니다. 진심으로 그렇게 생각하는 것 같다.

……그래 나는 운이 좋다.

소리 내어 말하지는 않고 입속으로 웅얼거렸지만 솔직히 이해가 가지 않는 말이었다. 고양이의 말을 알아듣는다고 해서 도대체 무슨 이득이 있다는 걸까?

"인생이 풍요로워진다냥."

"부럽습니다요옹."

그런가. 부러운 일인가. 그렇다면 어쨌든 다행이다.

하지만 인생이란 뭘까?

구루미는 고개를 갸웃거리면서 가와고에 거리를 걸어갔다.

이야기를 나누며 걸어가는 사이에 구수한 냄새가 풍겨왔다.

친숙하게 느껴지는 밥 짓는 냄새와 간장 냄새였다. 가다랑어
포와 다시마 향기도 뒤섞여 있었다.

"저기가 제가 자란 집입니다요옹."

마게타의 시선 앞에는 구운 주먹밥을 파는 자그마한 가게가
있었다. 집 앞에 판매대를 붙여놓은 것 같은 가게였는데 실제로
이 안에서 사람들이 살고 있는지도 몰랐다. 가정집 냄새가 났다.

가게 옆에는 '잃어버린 고양이를 찾습니다' 하는 벽보가 붙어
있었다. 거기에는 마게타의 사진이 인쇄되어 있었다.

그리고 가게 앞으로 눈길을 돌리니 스무 살 남짓으로 보이는
젊은 여자가 숯불에 주먹밥을 굽고 있었다.

"메구미 님입니다요옹."

마게타의 집사였다.

"예쁘다……."

구루미는 엉겁결에 예쁘다고 감탄하고 말았다. 자그마한 몸집에 동안으로 완전히 만화에서 튀어나온 것 같은 귀여운 여동생 캐릭터다. 이성뿐만 아니라 동성에게도 틀림없이 인기가 있을 것 같다.

"낙심하지 마옹. 동물의 가치는 얼굴이 아니야옹. 애교냥."

아무 말도 하지 않는 구루미를 웬일인지 포가 위로해주었다.

"메구미 님은 애교도 있습니다요옹."

마게타가 쓸데없는 소리를 했다. 그렇지만 그 말은 사실이었다.

평일 낮인데도 가게는 북적거렸고 쉴 새 없이 손님이 찾아왔다. 메구미는 혼자서 주먹밥을 굽고 있는데도 방글방글 웃으면서 손님을 맞이하고 있었다. 많이 바쁠 텐데 귀찮아하는 표정 하나 내비치지 않았다. 메구미에게 말을 건네는 손님도 많이 있었다.

하지만 밀려드는 손님을 메구미 혼자 일일이 응대하는 것은 무리라는 생각이 들었다.

"가족 셋이서 하는 가게입니다요옹. 아버님과 어머님도 함께 합니다요옹."

그렇다면 이해가 간다. 셋이서 가게를 하면 손님도 잘 응대할 수 있을 것이다.

하지만 메구미의 아버지와 어머니의 모습은 보이지 않았다. 가게에는 메구미만 눈에 보였다.

구루미가 물어보기 전에 마게타가 먼저 말했다.

"메구미 님의 아버님은 입원 중이십니다요옹."

"입원?"

"나이가 드셔서 이곳저곳 안 좋으십니다요옹."

마게타가 잘 알고 있다는 듯한 표정으로 대답했다.

"이것저것 검사를 많이 받으신다고 합니다요옹."

웬일인지 포가 마게타의 이야기를 받아주었다.

"시간도 돈도 많이 들겠구냥."

"한동안 입원해야 한다고 합니다요옹."

삼색 고양이가 그간의 사정을 자세히 설명해주었다.

"어머님은 병원에서 아버님 간병을 해야 합니다요옹. 지금은 메구미 님이 가게를 맡아서 하고 있습니다요옹."

어느 정도 상황은 파악이 되었다. 가게 문을 닫을 정도로 저축이 많지는 않았을 것이다. 어쩌면 단골손님을 놓치고 싶지 않은 마음이 있을지도 모른다.

"도와주면 되잖아."

구루미가 말했다. 고양이는 도움을 주지 못하지만 마게타는 사람으로 둔갑할 수 있다. 정체를 밝히지 않고 도움을 주는 이유는 억지로 짜내면 된다. 무뚝뚝한 포와 달리 붙임성 있는 마게타라면 손님도 잘 응대할 수 있을 것이다. 마게타는 나이 많은 여자 손님들에게 틀림없이 인기를 크게 끌 것이다.

하지만 마게타는 구루미의 의견에 찬성하지 않았다. 구루미의 말을 듣고 태도가 싹 달라졌다.

"거절하겠습니다요옹!!"

털을 곤두세우고 딱 잘라 말했다. 얌전한 마게타가 구루미에게 화를 버럭 냈다. 짧은 꼬리를 부풀려서 꼿꼿이 세우기까지 했다.

"메구미 님은 스토커한테 시달리고 있습니다요옹! 함께 있으면 위험해진다고요옹! 도와주는 건 싫습니다요옹! 가까이 있고 싶지 않습니다요옹!"

"스토커한테 시달리고 있다면 더더욱 곁에서 지켜줘야 하는 거 아닌가?"

아버지가 입원하고 어머니는 간병을 하느라 가게를 지키지 못한다면 더더욱 마게타가 메구미와 함께 있어줘야 한다.

다정한 마게타라면 이해해줄 거라고 생각했는데 삼색 고양이 마게타는 세차게 고개를 가로저으며 거부했다.

"함께 있는 것은 안 되겠습니다요옹! 제 몸이 가장 중요합니다
요옹!"

"그래도……."

"설교는 듣고 싶지 않습니다요옹! 메구미 님과 가까이 있기 싫
습니다요옹! 그 집에 있는 게 싫습니다요옹! 구루미 님은 바보입
니까냥!"

하고 싶은 말을 실컷 다 하고 마게타는 쏜살같이 도망쳤다. 바
보입니까냥, 바보입니까냥, 하는 말이 메아리쳤다.

"잠……잠깐 마게타앗!"

쫓아가려고 했지만 그러지 못했다. 포가 발밑에서 뛰어올라
구루미의 앞길을 가로막았기 때문이다.

"그냥 내버려 둬라냥."

검은 고양이가 두 발을 벌려 구루미를 말렸다.

"저리 가."

"안 된다옹."

포가 구루미의 앞길을 계속 막았다.

"왜 못 가게 하는데?"

"마게타를 다시 데려오면 안 된다냥."

검은 고양이가 이야기를 시작했다.

"마게타한테는, 그러니까 고양이한테는 집사와 함께 지내느냐 마느냐 결정할 권리가 있다냥."

"권리라고……."

"고양이가 집사를 버리는 것은 드문 경우가 아니다냥."

어느 날 갑자기 기르던 고양이가 사라졌다는 이야기는 종종 들어봤다. 고양이 쪽이 집사를 버린 건가.

"마게타는 메구미를 버린 것뿐이다냥. 집고양이의 당연한 권리야옹."

대부분의 고양이는 집사를 선택하지 않는다. 마음에 안 드는 집사 곁에서 도망칠 권리는 확실히 있을지도 모른다.

"하지만……그렇게……냉정하게……."

포가 구루미의 눈을 들여다보고 냉랭한 표정으로 말했다.

"사람이 고양이를 버리는 것은 냉정하지 않냥? 집사에게 학대를 받거나 동물보호소에 보내지는 고양이도 많지 않냥."

"그……그럴지도 모르지만……."

"위험한 존재 곁에 다가가고 싶지 않은 건 당연하지 않냥. 억지로 데려왔다가 스토커한테 살해당하기라도 한다면 어쩔 셈이냥? 마게타의 생명은 집사 것이 아니다옹. 마게타의 것이다옹."

집사에게 괴로움을 줄 목적으로 고양이를 학대하는 인간도 있
다. 마게타가 표적이 될 가능성은 충분히 있다. 누구든 위험한 처
지에 놓이고 싶지는 않을 것이다. 도망치고 싶은 심정도 이해가
갔다.

"그렇다고 도망쳐 버리는 것도……."

이미 마게타의 모습은 사라지고 없었다.

"그만큼 위험하다는 뜻이다냥."

스토커가 마게타를 위협했다는 건가.

"도대체 어떻게 해야……."

어쩔 줄 몰라 하며 구루미는 포에게 물었다. 그렇게 잘난 체하
며 말하는 걸 보면 포에게 생각이 있을 것이다.

하지만 그것은 착각이었다.

"밥 먹자냥."

시원스레 말하며 주먹밥집으로 향했다. 포는 마게타를 걱정하
는 기색이 조금도 없었다. 아무짝에도 쓸모없는 고양이다. 물어
본 자신이 바보 같다고 구루미는 생각했다.

"마음대로 해."

그렇게 말한 순간 배 속의 거지가 꾸르륵 소리를 냈다. 어느새

점심시간이 훌쩍 지나버렸다. 구운 주먹밥 냄새가 구루미를 부르고 있었다.

"……나도 마음대로 할 테니까."

구루미는 포를 뒤쫓아 갔다.

5

마게타의 집사가 하는 가게의 간판 상품은 간장 맛 구운 주먹밥에 가다랑어포를 듬뿍 올린 '고양이 밥 구운 주먹밥'이다. 마게타의 집사가 숯불로 구우면서 열심히 팔고 있다.

구루미는 그 '고양이 밥 구운 주먹밥'을 두 개 샀다. 소고기와 된장을 섞어 넣은 구운 주먹밥도 먹고 싶었지만 지갑의 무게와 상담한 뒤 참기로 했다. 더는 지갑을 가볍게 만들어서는 안 된다. 카페가 번성해서 여유가 생기면 그때 먹기로 하자.

구루미는 가다랑어포 향기가 나는 주먹밥을 손에 들고 오가는 사람들에게 방해가 되지 않도록 길 가장자리로 갔다. 참지 못하고 막 구운 주먹밥을 덥석 베어 물었다.

입안이 데일 정도로 주먹밥은 뜨거웠다. 후후 불면서 입 안에서 굴리니까 향기로운 간장과 밥, 가다랑어포 맛이 가득 퍼졌다.

"맛있다……."

구운 주먹밥을 먹으면서 엉겁결에 중얼거리고 말았다. 대부분의 사람이 맛있다고 감탄할 만한 맛이다. 가와고에 음식은 값도 싸고 품질도 높다.

"포도 먹어봐."

주먹밥을 코끝에 가까이 갖다 대도 포는 먹으려고 하지 않았다. 구운 주먹밥을 피하려는 듯 모른 체했다. 그 모습을 보고 퍼뜩 떠오르는 생각이 있었다.

"혹시 고양이 혀? 뜨거운 걸 못 먹는 건가? 음, 포는 고양이지. 후후 불어서 줄까?"

"……."

"이제 다 식었어. 가다랑어포 맛있어."

"……."

"야~아."

"……."

아무런 반응도 없었다. 구루미는 포의 태도가 도무지 이해가 가지 않았다.

고양이에게 가다랑어포. 일본어 사전에도 실려 있다. 밥에 가다랑어포를 얹은 것을 '고양이 밥'이라고 부를 정도다. 누구나 다 알고 있듯이 가다랑어포는 고양이가 굉장히 좋아한다.

보통은 가다랑어포라면 펄쩍펄쩍 뛰어오를 정도로 좋아하지 않나?

그런데 포는 왜 새침한 표정으로 냉랭한 아름다움을 뽐내고 있는 걸까?

조금 미남이라고 해서 잘난 체하는 건가? 구운 주먹밥은 공짜가 아닌데 말이다.

"잠자코 있지 말고 무슨 말이라도 해봐!? 내가 산 구운 주먹밥은 먹을 수 없다는 거야!?"

구루미는 포에게 이렇게 말하면서 구운 주먹밥을 건네주었다. 짜증스러운 마음으로 말했기에 약간 목소리가 커지고 말았다. 그것이 잘못된 걸까.

큭큭 웃는 소리가 등 뒤에서 들렸다.

……큰일 났다.

고양이와 이야기하는 모습을 누군가가 본 모양이다. 난처하다. 큰 소동이 벌어지고 말 것이다. 부랴부랴 뒤를 돌아보았더니 어디선가 본 기억이 있는 여자가 서 있었다.

"고양이한테 가다랑어포를 주면 안 돼요."

구루미에게 말을 건넨 사람은 마게타의 집사 메구미였다.

"고양이랑 산책하는 거예요?"

메구미가 방긋방긋 웃으면서 물었다.

이른바 고양이를 좋아하는 사람들은 이런 모습을 발견하면 그냥 지나치지 못하는 습성이 있다. 마게타의 집사 오노데라 메구미도 그런 부류인 듯했다.

가까이서 보니 메구미는 훨씬 더 귀여운 여동생 캐릭터였다. 안경을 쓰고 까만색 긴 머리를 세 가닥으로 땋고 있었다. 성실한 고등학교 학급 임원이나 도서 부장 같은 느낌의 여동생 캐릭터다.

여동생 이미지 그대로의 말투로 메구미가 구루미에게 알려주었다.

"고양이에게 가다랑어포는 독이에요."

"아……."

그 말을 듣고 나니 잊고 있었던 내용이 떠올랐다. 가다랑어포나 말린 생선에는 마그네슘과 인이 많이 포함되어 있어서 고양이의 신장에 결석을 일으킬 위험이 있다. 염분도 고양이의 건강을 해친다.

출판사에서 일할 때 그런 원고를 읽은 기억이 있다. 여러 가지 너무 많은 내용이 있어서 까맣게 잊어버리고 있었다.

"먹어서는 안 된다고 말해주면 좋았을 텐데."

구루미는 포를 슬쩍 흘겨보았다. 그리고 문득 깨달았다. 메구미가 가까이 있는데 평소 같은 태도로 포에게 말을 걸고 말았다. 어디 좀 아픈 사람인가, 생각할 수도 있지만 고양이를 좋아하는 사람들은 고양이에게 말을 거는 일이 흔히 있는 모양이다.

"미남 고양이구나."

메구미가 포에게 말을 건넸다. 그 자리에 털썩 주저앉더니 잠시 쉬어갈 태세였다. 굉장히 편안해 보이는 자세였다.

가게는 괜찮은가 하고 흘깃 바라보았더니 메구미 대신 서른 살 정도로 보이는 남자가 주먹밥을 굽고 있었다. 다부진 체격의 남자였다. 그런데 주먹밥을 굽는 손놀림이 어딘가 아슬아슬해보였다. 아르바이트를 하고 있는 것인지도 모른다. 감기에 걸린 것인지 위생에 신경을 쓰는 것인지 커다란 마스크로 코와 입을 가리고 있었다.

구루미의 눈앞에 메구미가 있다.

스토커에 대해 물어볼 절호의 기회였지만 어떻게 질문해야 좋을지 몰라 망설였다. 스토킹을 당하고 있다면서요, 하고 단도직입적으로 묻는 것도 망설여졌다. 어찌됐건 정보원은 고양이다.

그래서 처음에 이야기를 꺼내기가 어려웠다.

골똘하게 생각을 하고 있자 메구미가 구루미의 얼굴을 힐끔거리더니 걱정스러운 듯 물어보았다.

"어디가 좀 안 좋아요?"

겉보기처럼 메구미는 다정한 성격의 소유자 같았다. 메구미의 말에는 배려심이 가득했다. 점점 더 그대로 내버려 둬서는 안 된다는 생각이 들었다. 구루미는 메구미가 마치 친여동생처럼 여겨졌다.

"확신과 착각만으로 살아가냥."

그때까지 잠자코 있었던 검은 고양이가 구루미의 속마음을 꿰뚫어보듯 중얼거렸다. 완전히 구루미를 무시하는 말투다.

"무슨 의미야? 하고 싶은 말이 있으면 똑바로 해."

포한테 불만을 쏟아내자 메구미가 피식 웃었다. 어쩐지 메구미와 단짝 친구가 되어버린 것 같은 느낌이다.

구루미는 어떻게 이야기를 꺼낼까 고민하면서 '잃어버린 고양이를 찾습니다'라고 쓰인 벽보에 눈길을 주었다. 그러자 구루미의 시선을 깨달은 듯 그때까지 웃고 있던 메구미의 표정에 그늘이 드리워졌다.

"우리 집 고양이가 어디론가 사라져버렸어요."

메구미가 먼저 핵심에 가까이 다가왔다.

"고양이가 가출한 건가요?"

"네. 잠깐 한눈파는 사이에 뛰쳐나가더니 그대로 도망쳐버렸어요. 지금까지는 이런 일이 없었는데 말이죠……."

메구미는 마음속 깊이 슬퍼하고 있었다. 구루미는 이렇게 착한 소녀를 내팽개쳐버린 고양이의 습성을 그냥 못 본 체할 수 없다.

분노가 치밀어 올라서 구루미가 혼자서 중얼거렸던 걸까. 포가 고개를 갸웃거렸다.

"고양이의 습성이란 게 뭐냥?"

그런 것 따위 알지 못한다고 말할 태세였다.

"확신과 착각, 기세만으로 살아가냥."

사실 그것만 있으면 충분하다. 검은 고양이는 무시하기로 하고 구루미가 메구미 쪽으로 몸을 돌렸다.

"가출하기 전에 무슨 일이 있었나요?"

"무슨 일이라뇨……."

"낯선 사람이 집 근처를 어슬렁거리며 돌아다닌다거나."

"여기는 관광지니까요."

그렇다. 이 주변에는 낯선 사람투성이다. 그런데 메구미의 태도로 미루어볼 때 스토커에 시달린 기색은 없었다.

혹시 스토커 따위 없는 게 아닐까…….

소리 내지 않고 입 안에서만 우물거리려고 했지만 포가 용케
도 알아들었다.

"스토커는 존재한다냥."

확실하다고 단언했다. 마게타도 스토커를 두려워했다. 메구미
만 알아차리지 못한 걸까? 피해를 당하고 있는 장본인만 알아차
리지 못한다는 것이 가능한 일일까?

"둔하기 때문이다냥."

검은 고양이가 중얼거렸다. 포가 실례되는 말을 했지만 겉보기
에 메구미는 굉장히 천진난만해 보였다. 대화가 잠시 늘어진 사
이 가게에 사람이 붐비기 시작하자 메구미는 돌아가 버렸다.

메구미의 뒷모습을 바라보면서 포가 꼬리를 조그맣게 흔들었
다. 뭔가 하고 싶은 말이 있었을 텐데 아무 말도 하지 않았다.

구루미도 카페 문을 어서 열어야 한다. 아무런 단서도 얻지 못
한 채 구루미와 포는 카페로 돌아갔다.

메구미의 가게 이름은 〈고양이 밥집〉이었다. 이 지역 명물인
'고양이 밥 구운 주먹밥'에서 따온 이름일까. 세심하고 기억하기
쉬운 이름이다.

구루미는 카페 문을 닫은 다음에 다시 〈고양이 밥집〉으로 발걸음을 재촉했다.

"겨울이 다가오네."

그렇게 말한 것은 다시 사람으로 둔갑한 포였다. 늘 입던 검은 기모노를 걸치고 스님의 시주 자루같이 생긴 가방을 비스듬히 어깨에 걸치고 있었다. 포는 날이 저물자마자 사람이 되었던 것이다.

새삼스럽지만 낮에는 사람이 될 수 없는 건지 궁금했다. 낮에는 검은 고양이의 모습으로 지내기 때문이다. 이상하다는 생각이 들어 포에게 물어보았다.

"낮에는 대기하고 있는 거지. 고양이는 야행성이거든."

포는 알 듯 말 듯 알쏭달쏭한 대답을 했다.

"하루에 몇 번 둔갑할 수 있는지 정해져있어?"

"몸 상태에 따라 달라."

고양이의 생태에는 수수께끼가 많이 있다. 아무튼 포는 좋알 좋알 떠들어댈 생각은 없는 것 같았다. 고양이가 자신에 대해 제대로 알지는 못하는지도 모른다.

그건 그렇고 사건 이야기를 다시 해야겠다.

카페 문을 서둘러 닫고 〈고양이 밥집〉으로 돌아간 것은 스토커가 신경 쓰였기 때문만은 아니다. 삼색 고양이 마게타를 찾기 위해서였다.

"구루미 님은 바보입니까옹!"

마게타는 밑도 끝도 없이 저 말을 내뱉고 쏜살같이 달아나버렸다. 그리고 그대로 행방불명이 되어버렸다. 메구미의 가게로 다시 돌아간 흔적도 없다. '잃어버린 고양이를 찾습니다' 하는 벽보는 아직도 붙어있었다.

"마게타는 〈고양이 밥집〉으로 다시 돌아올 거다."

그렇게 포가 딱 잘라 말했다.

"고양이는 귀소본능이 강한 동물이야. 자동차에 치이지 않은 거라면 길러준 집으로 돌아온다고."

포가 태연한 표정으로 불길한 소리를 했다.

그 말의 뜻을 모르는 것은 아니다. 강아지는 사람에게 정을 붙이고 고양이는 집에 정을 붙인다는 말까지 있을 정도다. 한 가지 수수께끼는 둘이서 구운 주먹밥집 앞으로 가지도 않고 그늘에 숨어서 몰래몰래 이야기하고 있다는 것이다.

"왜 우리가 숨어 있어야 하는 건데?"

이 모습만 보면 꼭 구루미와 포가 스토커 같다.

"잠자코 지켜보면 알 수 있어."

포가 자세한 설명을 하지는 않았다. 고양이라는 동물은 제멋대로라서 마음 내킬 때만 사람을 상대해준다. 사람의 모습을 하고 있어도 고양이의 습성은 변하지 않는 것 같다.

다른 것은 다 이해한다고 해도 장소가 너무 안 좋았다.

그늘에 숨어 있다고 해도 〈고양이 밥집〉의 사각에 위치할 뿐 길거리에 지나다니는 사람 눈에는 그대로 다 보이는 곳이기 때문이다.

"저 남자 멋지다. 모델인가."

"그럴지도 모르겠다. 매니저처럼 보이는 수수한 여자가 함께 있는 걸 보면."

길 가는 사람들이 속삭이는 소리가 들려왔다. 쓸데없이 주목을 받고 있었다. 동아리 활동을 끝내고 돌아가는 듯한 여자 중학생과 고등학생이 구루미와 포 주변에 모여들기 시작했다. 심지어는 포의 사진을 찍으려는 여학생까지 있었다.

사람인 남자라면 기뻐할 만한 상황이었지만 고양이는 과도하게 주목받는 것을 싫어한다. 하물며 포는 애교라고는 손톱만큼도 없는 성격이다.

"방해하지 마. 저리 가."

포가 매몰차게 쫓아내려고 했지만 어린 여학생들의 반응은 열

정적이었다. 포가 기분 나쁜 말과 태도를 취했는데도 까악 까악 소리를 질러댔다. 가와고에의 밤거리에서 눈에 띄는 광경이었다. 이런 상황에서 숨어서 지켜보기란 불가능하다.

"내가 여기 있는 게 그렇게 이상해?"

포의 말에 여학생들이 다 함께 고개를 끄덕거렸다. 그늘진 곳과 어울리지 않는 미남이라는 의미일까.

그러나 포는 착각을 한 것 같다.

"나는 노라•가 아냐."

길고양이 취급을 당하고 있다고 생각하는 듯하다. 물론 그런 생각을 하는 것은 포뿐이었다.

"노라?"

"누구지?"

"모델 동료 이름인가?"

"들어본 적이 있는 거 같아."

술렁임이 점점 더 커져갔다.

여학생 몇 명이 스마트폰을 만지작거리기 시작했다. 라인이나 트위터에 글을 올릴 생각인 걸까.

• 노라네코의 줄임말로 길고양이를 의미한다.

그 모습을 보고 포가 또 착각을 했다.

"동물보호소에 전화를 할 건가?"

길고양이가 있다고 신고할 거라고 오해를 한 듯했다. 여학생들을 향해 몸을 돌리고 소곤거리기 시작했다.

"나는 어엿한 반려 동물이야. 집사와 함께 있어서 아무 문제도 없다고."

"반려 동물!? 집⋯⋯집사!?"

여학생들은 포의 말에 화들짝 놀란 것 같았다. 앞으로 벌어질 상황이 예상되었다. 구루미는 살금살금 도망칠 생각이었지만 타이밍을 놓쳤다. 포가 구루미의 소매를 꼭 붙잡았다.

"나는 이 사람의 반려 동물이야. 구루미가 나를 기르고 있어. 우리는 집사와 반려 동물 관계라고. 앞으로 나한테 고양이 목걸이도 사줄 거래."

"어어⋯⋯."

여학생들이 한꺼번에 뒤로 확 물러났다. 구루미까지 덩달아 물러났다. 구루미의 이름까지 말한 것은 아무래도 너무했다.

구루미가 자포자기하는 듯한 웃음을 짓자 여학생들이 슬슬 눈길을 피하더니 포 근처에서 싹 사라졌다. 순식간에 주위에는 아무도 없게 되었다.

"역시 고양이 목걸이는 꼭 필요해."

검은 고양이 왕자가 만족스러운 듯 고개를 끄덕거렸다. 빨리 고양이 목걸이를 사달라는 듯 구루미를 순진한 표정으로 바라보고 있었다. 당황스러운 마음에 구루미도 여학생들과 함께 어디론가 사라지고 싶었다.

"추워졌어."

아무 일도 없었다는 듯이 담담하게 포가 말했다.

"응. 너무 추워."

구루미가 대답했다.

"따뜻하게 해줄게."

포는 미남에게만 허용되는 닭살 돋는 말을 하고 비스듬히 걸치고 있었던 스님의 시주 자루 같은 가방에서 보온병을 꺼냈다.

그러더니 보온병 뚜껑을 열고 구루미에게 내밀었다. 따뜻한 김과 함께 커피와 술 냄새가 구루미의 코로 솔솔 들어왔다.

"이게 뭐야?"

"커피 아마레토다. 커피에 럼과 아몬드 맛이 나는 리큐어를 넣고 아몬드를 갈아 넣은 거야."

특별히 포가 제작한 커피였다. 포가 이렇게 커피 아마레토를 만들어 왔는지는 몰랐다.

"마셔 봐."

"어."

아몬드와 커피 향기에 이끌려 구루미는 보온병에 입을 갖다 댔다.

"맛있다……."

마음이 편안해지는 어른이 마시는 커피 맛이었다. 설탕도 넣었는지 입에 닿는 느낌이 부드러웠다. 더불어 몸이 후끈후끈 따스해졌다.

"알코올에 약하면 안 마시는 게 좋아."

마시고 난 뒤에 말하지 마라, 하고 생각했지만 구루미는 알코올에 약하지 않다.

한 모금, 또 한 모금 마시고 있는데 메구미가 가게 문을 닫으려고 하고 있었다. 구루미와 포가 지켜보고 있다는 사실은 알아차리지 못한 것 같았다.

여전히 부모님의 모습은 보이지 않았지만 낮에도 봤던 다부진 체격의 남자가 메구미를 도와주고 있었다. 바싹 달라붙어서 대화를 나누며 서로 웃고 있었다. 때때로 남자가 메구미의 머리를 쓰다듬었다.

둔한 구루미의 눈에도 두 사람은 단순한 고용주와 아르바이트 직원으로 보이지는 않았고 애인이나 그 비슷한 사이로 보였다. 찰떡같은 호흡으로 입간판을 안에 들여다 놓고는 빗자루를 들고 가게 앞을 청소하기 시작했다.

저렇게 애인과 함께 있다면 스토커가 덤벼들 틈이 없을 것 같다는 생각이 든다. 다부진 체격의 남자는 겉보기에도 강해 보였다. 대학교 유도 동아리 회원 같은 인상이다.

이윽고 두 사람은 청소를 마치고 가게로 들어갔다. 오늘 근무는 끝난 듯했다. 하지만 구루미의 잠복근무는 아직 끝나지 않았다. 포가 돌아가지 못하게 말렸기 때문이다.

"스토커 따위 없는 거 아냐? 마게타가 착각한 거 아냐?"

구루미는 새삼 의문이 들었다. 만약에 구루미가 스토커라면 저 남자를 본 순간 포기할 것이 분명하다. 까딱 잘못하다가는 목이 졸려 죽게 될 것 같은 느낌이 들 정도로 다부진 체격이기 때문이다.

"아니. 스토커는 있어. 목숨이 달려 있는 사건이지. 피해가 생기는 걸 보고 싶지 않다면 잠자코 지켜보고 있으라고."

검은 고양이는 다시 한 번 딱 잘라 말했다. 마치 불길한 예언처럼 들렸다.

그 무렵 어두운 그림자 하나가 〈고양이 밥집〉의 뒷문 쪽으로 다가오고 있었다. 앞쪽에서 잠복하고 있었던 구루미는 전혀 낌새를 알아차리지 못하고 있었다.

포의 말대로 스토커는 존재했다. 생판 모르는 제삼자가 아니라 이제까지 만난 적이 있는 사람이 바로 스토커였다.

〈고양이 밥집〉에 위험이 다가오고 있었다.

6

마게타는 밤길을 터벅터벅 걷고 있었다. 사람으로 둔갑한 모습이 아니라 삼색 고양이의 모습을 하고 있다. 이따금 풀이 죽어서 고개를 숙일 때도 있어서 길을 잃어버린 고양이처럼 보였다.

아니 마게타는 실제로 길을 잃은 고양이다. 구루미에게 화를 내고 뛰쳐나가 버렸기 때문에 이제 카페로 돌아갈 수도 없다. 아는 골목대장 고양이에게 이야기를 하면 노숙할 장소를 알려줄 테지만 그것도 마음에 내키지 않는다. 마게타는 길고양이로 살아갈 자신이 없다.

"나는 쓸모없는 존재 같다냥……"

마게타가 혼잣말을 했다.

메구미가 주워줬을 때도 마게타는 밤길을 혼자서 터벅터벅 걷고 있었다. 벌써 반년도 더 지난 일이다. 그 무렵 마게타는 생후 4개월 정도의 새끼 고양이였다. 사람으로 따지면 여섯 살이나 일곱 살 정도일 것이다.

마게타는 철이 들 무렵부터 집고양이로 길러졌다. 어렴풋하지만 그 시절에 대한 기억이 있다. 태어나서 자란 집에서 뛰쳐나와 이리저리 걷는 사이에 그만 길을 잃어버렸다. 제단에 사진과 향이 꽂혀 있었던 기억이 있던 것으로 미루어볼 때 집사가 세상을 떠났는지도 모르겠다. 마게타는 사람의 수명에 대해 알지 못한다. 고양이보다 집사가 훨씬 오래 살아야 할 텐데 때로는 어이없는 사고로 죽기도 한다.

어쨌든 마게타는 외톨이였다.

계속 사람의 손에 길러진 새끼 고양이에게 거리는 위험투성이인 곳이다. 사나운 까마귀도 있고 자동차와 오토바이도 쌩쌩 달린다. 여러 번 위험을 겪었고 차에 치일 뻔한 적도 있다.

배도 고프고 어쩐지 춥기까지 했다. 하늘을 쳐다보니 하얀 눈이 나풀나풀 흩날리기 시작했다. 어느새 길은 눈으로 새하얗게 물들었다.

"이제 더는 못 걷겠다냥."

마게타는 길바닥에 털썩 주저앉아 몸을 한껏 웅크렸다. 마게타의 등과 코끝에 눈이 쌓여갔다. 차갑다고 느끼는 감각조차 서서히 사라지고 있었다. 마게타는 몸을 옴짝달싹도 하지 못했다. 기운이 없어서 몸에 쌓이는 눈을 털어낼 수조차 없었다.

"이대로 나는 죽는 거냥……."

마게타는 하얀 입김을 내뱉으면서 그렇게 중얼거렸다. 죽음을 각오한 마게타는 이제까지 있었던 즐거운 기억을 떠올리려고 애썼다. 짧은 일생이었지만 죽을 때만큼은 기쁜 마음으로 있고 싶었다. 태어난 것 자체에 감사하며 죽고 싶었다. 하지만 철이 막든 마게타에게는 즐거운 기억이 그리 많지 않았다.

제단에 사진과 향이 꽂혀 있던 기억. 달려가는 오토바이. 새까만 까마귀. 그리고 하얀 눈……. 그것이 마게타 삶의 모든 것이었다. 어미 고양이도 아비 고양이도 기억나지 않는다.

눈이 진눈깨비로 변하고 마게타의 몸이 푹 젖기 시작했다. 마게타는 눈을 감았다. 이제 아무것도 보이지 않았다.

영원이라고 생각될 정도로 긴 정적이 흐른 후 마게타의 몸이 두둥실 공중으로 올라갔다. 그리고 부드러운 온기가 마게타를 감싸 안았다. 자신의 몸에 무슨 일이 일어났는지도 모른다. 마게타는 내가 이미 죽은 건가 잠시 생각했다. 그렇다면 이제 편안해 질 거라는 생각도 했다.

그 순간 마게타의 귓가에 다정한 목소리가 들려왔다.

"괜찮아?"

이것은 사람의 목소리다.

간신히 힘을 짜내서 눈을 살짝 떠보니 안경을 쓴 소녀의 얼굴이 있었다. 소녀가 마게타를 바닥에서 들어 올려 안아주었던 것이다.

이것이 마게타와 메구미의 첫 만남이었다.

그길로 메구미는 마게타를 동물병원에 데려갔다. 수의사는 마게타를 이리저리 살펴보았다. 질병에 걸리거나 상처가 있지는 않았지만 마게타의 몸이 너무 쇠약해서 바로 동물병원에 입원시켰다. 어느 정도 회복한 후 마게타는 퇴원했다. 그 뒤로 마게타는 메구미에게 여러 가지 신세를 지게 되었다.

"돈을 많이 쓰게 해서 미안합니다요옹."

마게타의 동물병원 치료 청구서를 보고 메구미는 곤란한 표정을 지었다. 그리고 메구미의 부모님은 쓴웃음을 지었다. 사람이 병원에 입원했을 때보다 훨씬 돈이 많이 청구된 모양이다.

그래도 메구미는 마게타를 집으로 데려가주었다. 맛있는 밥을 주고 따뜻한 잠자리를 마련해주었다. 메구미는 마게타와 함께 만화 영화를 보았다. 가게에 나가면 손님들이 마게타의 머리를 귀엽다고 쓰다듬어주었다. 즐거운 기억이 하나 또 하나 늘어갔다.

메구미는 언제나 다정했다. 메구미의 어머니도 아버지도 마게타에게 친절하게 대해주었다. 메구미는 마게타를 위해 고양이용 말린 생선을 직접 손에 들고 머리를 떼어내서 물에 불려 주었다.

"다들 너무 좋습니다요옹."

죽기 전까지 계속 이 집에서 살고 싶다고 생각했다.

……하지만 무리였다.

메구미의 아버지가 쓰러지고 스토커가 나타났다. 구운 주먹밥 가게는 마게타가 안주할 곳이 아니었다. 메구미 곁에 같이 있으면 목숨이 위태로워진다.

"나는 이제 떠납니다요옹."

마게타는 〈고양이 밥집〉을 뛰쳐나갔다. 두 번 다시 돌아올 생각은 없었다. 앞으로는 메구미와 만나지 않고 살아갈 결심을 했다.

그런데 어느새 마게타는 다시 〈고양이 밥집〉에 가까이 다가왔다. 눈앞에 가게 뒷문이 보인다.

"돌아오고 말았다옹……."

마게타의 의지가 약한 것은 아니다. 고양이에게는 귀소본능이 있다. 다정하게 대해주고 길러준 집을 잊을 수 없는 것은 당연하다.

"나는 더는 구운 주먹밥 가게의 마게타가 아니다냥. 가까이 다가서는 안 된다옹."

스스로 타이르며 〈고양이 밥집〉에서 멀어지려고 했다.

……그런데.

그 순간 마게타의 귀가 조그맣게 쫑긋 움직였다.

사람의 발소리가 들렸다.

사람의 냄새가 다가오고 있다.

익숙한 발소리와 냄새였다. 두 번 다시 만나고 싶지 않았던 남자의 발소리와 냄새였다.

그 남자는 마게타 앞에서 발길을 딱 멈추고 말했다.

"너 메구미가 키우는 고양이지? 그곳에 있었군. 간신히 찾아냈잖아. 이쪽으로 와라."

두려워하고 있던 스토커가 마게타의 눈앞에 나타난 것이다.

메구미만으로는 성에 차지 않아서 마게타까지 잡으려고 한다. 마게타를 줄곧 쫓아다니고 있었던 것이다.

"얌전히 있어. 내가 귀여워해 줄 테니까."

남자가 마게타에게 손을 뻗어왔다. 힘이 세 보이는 커다란 손이었다.

"도망쳐야 해웅!"

마게타는 죽을힘을 다해 달아났다. 스토커에게 잡혀서는 안된다.

"이 녀석아, 기다려!"

남자의 고함소리가 울려 퍼졌다.

〈고양이 밥집〉에 다시 돌아와서는 안 되었다. 목숨을 위험에 노출시키고 말았다. 남자의 발소리가 끈질기게 마게타를 따라왔다.

스토커는 발걸음이 빨랐다. 이대로 가다가는 금세 잡혀버리고만다. 마냥 달리기만 해서는 안 된다.

담장을 뛰어 올라가려고 했지만 마게타는 주르르 미끄러지고말았다. 너무 서둘렀기 때문이다. 마게타는 담장 끄트머리에서보기 좋게 굴러 떨어졌다.

다시 일어날 틈도 없이 마게타는 스토커에게 따라잡혔다.

"성가시게 굴지 마라."

남자가 중얼거리더니 다시 마게타에게 손을 뻗으려고 했다. 이번에는 도망치지 못했다. 완전히 잡혀버리고 말 것이다.

"위험하다아아옹!! 누가 좀 도와주세요오오옹!!"

마게타가 소리쳤다.

7

마게타가 비명을 지르기 조금 전에 일어난 일이다.

가게 문을 닫았을 것이 분명한 〈고양이 밥집〉에서 메구미가 뛰쳐나왔다. 주변을 두리번두리번 둘러보더니 메구미가 무작정 달리기 시작했다. 누군가를 찾고 있는 것 같았지만 구루미와 포가 잠복하고 있는 것은 눈치채지 못한 것 같았다.

이런 시간에 어디로 가는 걸까 지켜보는데 포가 구루미에게 중얼거렸다.

"가자."

그리고 포가 메구미를 쫓아갔다.

사람의 모습을 하고 있지만 포는 고양이다. 먹잇감을 노리는 짐승처럼 움직임이 날쎄다. 구루미가 따라 나섰을 때 이미 포는 메구미를 뒤쫓고 있었다.

"별……별안간 뭐야!? 갑……갑자기……달리지 마."

구루미는 간신히 포를 뒤쫓아 갔는데 꼭 숨이 끊어질 것처럼 힘들었다. 운동 부족인 서른 살 가까이 되는 여자를 느닷없이 달리게 만들지 말아줘.

"아······낮에······."

메구미의 눈이 휘둥그레졌다. 사람으로 둔갑한 포와 메구미는 처음 보는 사이다. 그래서 자연스럽게 메구미는 구루미에게 질문을 하게 되었다.

"이런 시간에 왜 여기에?"

"그러니까······다이어트하려고 걷기 운동을 하고 있어요."

난처한 나머지 구루미는 거짓말을 했다. 그런데 메구미가 그렇군요, 하고 바로 이해를 해주었다. 그렇지만 그건 그거대로 문제가 있다. 정말로 구루미는 다이어트가 필요한 체형인 걸까?

카페에서 살기 시작하고 나서 아주 조금 살이 찐 기분이 들었지만 표준 체중 범위 안에 있다. 절대로 나는 뚱뚱하지 않다. 나는 뚱보가 아니다. 살 따위 찌지 않았다.

구루미가 주문을 외듯 중얼거리고 있는데 포가 메구미에게 말을 건넸다.

"굉장히 서두르는 것 같네요······."

그제야 정신을 차린 것처럼 메구미의 안색이 싹 달라졌다.

“아앗.”

갑자기 또 달리려고 한다. ……다시 달리려고 했는데 구루미가 미안해요, 하며 메구미를 불러 세웠다. 그리고 마침내 메구미에게 질문을 했다.

“무슨 일 있어요?”

“하루히코 씨를, 낮에 가게에서 일하던 남자를 찾아주세요!”

메구미가 큰소리로 외쳤다.

“하루히코 씨? 애인 말이에요?”

구루미가 사람과 이름을 연결 지으려는 사이에 포가 대답했다.

“다부진 체격의 남자라면 아까 고양이를 쫓아갔어.”

거짓말쟁이!!

엉겁결에 구루미는 소리를 지를 뻔했다. 줄곧 지켜보고 있었지만 그런 남자는 지나가지 않았다. 아무리 구루미가 둔하더라도 하루히코를 못 보지는 않았을 것이다.

검은 고양이가 또 거짓말을 하고 있다. 구루미만으로 만족하지 못하고 메구미까지 갖고 놀 셈인가?

구루미가 노려보았지만 포는 진지해 보였다. 신중한 표정으로 계속 말했다.

“구루미, 하루히코를 막아. 가게 뒤쪽에 있어.”

"뭐?"

"마게타도 가게 뒤쪽에 있어."

"계속 여기 있었는데⋯⋯."

"안 봐도 냄새로 알 수 있어."

고양이의 예민한 후각으로 알아차린 것 같다. 어느 정도 이해가 가는 답변이었다. 하지만 그래도 알 수 없는 것이 있었다.

왜 하루히코와 마게타가 함께 있는 걸까? 도대체 왜 하루히코는 고양이를 쫓아간 걸까?

검은 고양이는 그 답을 알고 있었다.

"스토커는 하루히코다. 마게타 목숨이 위험해!"

뭐라고!?

그것이 사건의 진상이었을까. 의외의 범인이라는 게 바로 그 녀석일까. 더는 자세한 것을 물을 여유가 없었다. 마게타의 비명이 귓가에 들려왔다.

"⋯⋯살려줘냐냐냐냥!!"

마게타가 위험하다. 구루미가 전속력으로 달려갔다.

출판사에 다니던 시절에는 구루미를 대신할 사람이 많이 있었다. 구루미가 없어도 아무런 불편함이 생기지 않았다.

하지만 지금은 다르다. 포는 사람의 피부와 닿아서는 안 된다. 그리고 메구미의 귀에는 마게타의 목소리가 전해지지 않는다. 마게타를 구해줄 사람은 지금 구루미밖에 없다.

구루미는 죽을힘을 다해 달렸다. 마게타를 도와주고 싶었다. 메구미를 슬프게 만들고 싶지 않았다.

가게 뒷길로 다가가자 하루히코의 다부진 몸이 보였다. 마게타는 담장 끄트머리까지 몰려서 몸을 움츠리고 벌벌 떨고 있었다.

"마게타한테 손대지 마!!"

구루미는 소리를 지르면서 앞뒤 생각하지 않고 하루히코에게 덤벼들었다.

하루히코가 마게타를 훌쩍 안아 올리려고 했지만 구루미가 그런 장면을 연출하는 것을 가만히 지켜보고 있을 리 없다.

구루미는 쭈르륵 땅바닥에 얼굴부터 미끄러지고 말았다. 듣기 좋게 말하면 헤드슬라이딩이지만 마게타가 있는 곳까지 사실 닿지도 않았다. 그저 땅바닥에 이마를 부딪혔을 뿐이다.

"구루미가 결딴났군."

검은 고양이 왕자의 목소리가 들려왔다.

사람한테 이상한 소리하지 말라고 하며 구루미가 고개를 쳐들었더니 포와 메구미의 모습이 보였다. 둘은 구루미 쪽으로 다가오고 있었다. 메구미는 훌쩍훌쩍 울고 있었다.

"하루히코 씨 그만둬!"

메구미가 소리를 빽 질렀다.

"메……메구……."

뒤를 돌아보는 하루히코의 눈에 핏발이 서 있었다. 낮에 보았던 선량한 모습과는 전혀 딴판이었다. 호감을 주는 청년의 모습은 어느새 사라지고 없었다. 흉악한 스토커의 얼굴을 하고 있었다. 땅바닥에 팍 쓰러진 상태에서도 구루미는 공격할 자세를 취하고 있었다. 하루히코가 날뛴다면 확 물어버릴 태세였다.

하지만 하루히코는 날뛰지 않았다. 기가 죽었는지 주뼛주뼛 변명을 늘어놓기 시작했다.

"아냐……아니라고……."

"뭐가 아닌데!?"

"그러니까……."

하루히코의 눈빛이 마구 흔들렸다. 마게타는 그 틈을 놓치지 않았다.

"실례하겠습니다요옹!!"

구루미의 코앞을 가로질러 마게타가 쏜살같이 달아났다.

"기다렷!!"

하루히코가 쫓아가려고 했지만 메구미가 막아섰다.

"이제 그만해!"

자그마한 몸으로 메구미는 하루히코에게 매달렸다. 그리고 다정한 목소리로 속삭였다.

"당신한테 무슨 일이 생기면 나는……."

당장이라도 러브신이 시작될 것 같은 낭만적인 분위기였다. 아니 도대체 지금 무슨 일이 일어나고 있는 거지?

요란하게 넘어져서 이마가 까진 구루미의 눈앞에서 부탁이니까 그만둬, 문제를 일으키지 마, 하고 메구미가 하루히코에게 애원하는 광경이 펼쳐졌다.

"그래. 그만둬."

검은 고양이가 연인들의 대화에 끼어들었다. 난장판이 끝나니까 방관자를 자처하고 있는 걸까. 조금 떨어져 있는 곳에 포가 서 있었다. 다가서지 않고 그 자리에서 포는 하루히코에게 말했다.

"무리하다가는 되돌릴 수 없게 된다고. 자신의 몸을 소중하게 여겨. 정말 끔찍한 얼굴이었어."

얼굴?

구루미는 다시 하루히코의 얼굴을 바라보았다. 이제 스토커의 얼굴이 아니다.

핏발이 서 있는 것처럼 보이던 눈은 그저 살짝 붉어져 있을 뿐이고 더구나 눈물이 그렁그렁 맺혀있었다. 하루히코가 에취 에취 재채기를 하는 것도 새삼 깨달았다.

"그러니까……목숨이 위험하다는 말은 어쩌면…….."

"지금 깨달았어?"

포가 고개를 끄덕이며 사건의 진상을 이야기했다.

"목숨이 위험한 것은 마게타가 아니라 하루히코다."

위험에 빠진 것은 고양이가 아니라 스토커로 오해받은 하루히코였다.

8

커피 아마레토에는 럼과 아몬드가 들어 있다. 알코올에 약한 사람은 마실 수 없다. 사람에 따라서는 알코올에 대해 거부 반응을 보이기도 한다.

그것과 마찬가지로 사람 중에는 고양이에게 다가갈 수 없는 사람도 존재한다.

"하루히코는 고양이 알레르기가 있어요."

메구미가 이야기를 시작했다. 하루히코는 고양이 알레르기 약을 먹고 집으로 돌아갔고 포는 마게타를 찾으러 나섰다. 구루미와 메구미도 마게타를 찾으려고 했지만 건방진 검은 고양이가 여기 있으라고 명령했다.

"나 혼자 찾는 게 빨라. 방해하지 마."

포는 그렇게 말하고 구루미에게 스님의 시주 자루 같은 걸 떠맡겼다.

"커피라도 마시면서 기다려."

완전히 명령하듯 말했다. 대답도 기다리지 않고 포는 쌩 하고 가버렸다.

마음에 안 드는 태도였지만 커피 아마레토는 죄가 없다. 구루미는 메구미에게 커피 아마레토를 대접했다.

"맛있다⋯⋯."

메구미는 술도 커피도 좋아하는 듯하다. 메구미의 말투가 한결 가벼워졌다.

"오래 전에 저는 하루히코와 결혼하기로 결정했어요. 근처에 집을 빌려서⋯⋯."

하루히코는 근처 마트에서 일하고 있었다. 정직원은 아니었지만 마트에서 10년이나 일했기 때문에 두 사람이 살 만한 다세대 주택을 빌릴 정도의 월급은 받는다. 그리고 그것이 허용되는 상황이었다. 하루히코의 본가는 가나가와에 있고 부모님은 모두 건강하시다. 하루히코의 누나 부부는 부모님과 함께 본가에서 살고 있다.

메구미는 구운 주먹밥 가게를 도우면서 하루히코와의 신혼 생활을 꿈꾸고 있었다. 결혼을 하고 나서도 구운 주먹밥 가게에서 계속 일할 생각이었다.

그러던 중 메구미의 아버지가 쓰러져서 한동안 병원에 입원하게 되었다. 전전긍긍하며 검사 결과를 기다렸는데 아버지는 퇴원을 하더라도 전처럼 일하지는 못할 것이라고 의사가 말했다.

메구미의 어머니가 구운 주먹밥 가게를 접자고 했지만 메구미는 반대했다. 〈고양이 밥집〉의 문을 닫고 싶지 않았기 때문이다. 가게에 애착이 있었고 문을 닫으면 아버지가 서운해 할 것 같았기 때문이다. 〈고양이 밥집〉은 아버지가 맨주먹으로 세운 가게이고 삶의 의미였다.

물론 가게 문을 닫기 아깝다는 계산도 있었다. 단골손님도 있고 최근에는 가와고에 맛집 중 하나로 알려져서 인터넷에 소개되기도 했다. 더구나 고양이 붐까지 일어나서 〈고양이 밥집〉은 더욱 인기를 끌게 되었다. 그래서 여기까지 일부러 찾아오는 관광객도 많이 있었다. 구운 주먹밥은 값이 싸서 이익은 적지만 그래도 절약하면서 생활해갈 수는 있다.

하지만 메구미 혼자서 가게를 운영하기는 어려웠다. 구운 주먹밥 가게뿐만 아니라 어떤 음식점이든 운영해 나가려면 굉장히 힘이 든다.

그래도 메구미는 열심히 일했다. 건성으로 하지 않았다. 그래서 피로가 쌓이고 여러 번 쓰러지기도 했다. 그때마다 마게타가 쫓아와서 메구미의 얼굴을 힐끔 들여다봤다. 마게타는 주뼛주뼛 두려워하는 것처럼 보였다.

"괜찮아. 걱정하지 마."

마게타에게 다정하게 말하고 메구미는 다시 일을 시작했다. 가게는 번성하고 메구미가 쉴 틈은 점점 줄어들었다.

마게타는 그런 메구미를 물끄러미 바라보기만 했다.

메구미를 걱정하는 것은 키우는 고양이 마게타뿐만이 아니었다. 어느 날 사귀고 있던 하루히코가 메구미의 아버지에게 말했다.

"제가 〈고양이 밥집〉을 물려받아서 운영하겠습니다. 가게에서 일하게 해주십시오."

병문안을 가서 하루히코가 메구미의 아버지에게 한 말이다.

결혼을 허락받으러 갔을 때만큼 진지한 표정으로, 침대에 누워 있는 메구미의 아버지에게 고개를 푹 숙이며 말했다. 하루히코는 줄곧 그렇게 하려고 생각하고 있었던 모양이다.

하루히코가 일하는 마트는 매출 감소 경향이 이어지고 있었다. 마트에서 식품은 나름대로 잘 팔렸지만 의류와 화장품 등은 매년 판매가 줄어들고 있었다. 마트의 앞날은 그리 밝지만은 않았다.

마트 상황이 어려워지고 현재로서는 하루히코가 정직원이 될 것 같지도 않았다. 이대로 계약직 직원으로 있는 것보다는 전직을 하는 것이 낫겠다고 생각했다.

메구미와 결혼해서 함께 살면 집세를 따로 내지 않아도 된다. 자영업은 정년퇴직도 없고 건강이 허락하는 한 계속 일할 수 있다. 하루히코는 메구미의 아버지에게 자신의 상황과 앞으로의 계획을 설명했다.

하루히코의 말을 듣고 메구미의 아버지는 크게 기뻐했다. 입원하고 나서 내내 침울했던 표정이 환하게 밝아졌다.

하지만 커다란 문제가 있었다. 하루히코는 심한 고양이 알레르기가 있었다.

"병원에 갔는데도 고양이 알레르기를 어떻게 할 수가 없다는

데……."

어두운 얼굴로 메구미가 중얼거렸다.

기껏해야 고양이 알레르기라고 무시할 수 없는 문제였다. 하루히코는 고양이에게 다가가면 온몸에 두드러기가 돋아나고 재채기와 콧물을 끊임없이 쏟아내는 심한 고양이 알레르기가 있었다. 이렇게 심한 고양이 알레르기가 있는 사람은 드물지만 생명이 위험해지기도 한다.

"우리가 하는 이야기를 듣고 마게타는 그 길로 가출을 했어요. 고양이가 사람의 말을 알아듣는다는 건 바보 같은 소리라고 생각하겠지만요."

"바보 같다뇨."

고양이의 말을 알아듣는 것이 놀랍기는커녕 구루미는 고양이와 대화까지 나누고 있다.

"이 카페에서 길러주었으면 좋겠습니다요옹."

지난번에 마게타가 직접 구루미에게 부탁까지 했을 정도다.

"하루히코 씨가 고양이 알레르기를 참고 마게타와 함께 살겠다고 말했어요."

"참고……."

"근성으로 어떻게든 버텨보려고 했던 거죠."

하루히코 씨는 겉으로 보기에 근성 있는 체육인 같았다. 하지만 고양이 알레르기는 근성으로 어떻게 할 수 있는 문제가 아니다. 때로는 사람이 고양이보다 훨씬 바보 같다.

하루히코는 친해지고 싶어서 마게타를 늘 쫓아다녔다. 하루히코가 고양이 알레르기를 가졌다는 사실을 알고 있는 마게타는 필사적으로 도망쳤다. 하지만 체육을 잘할 것처럼 생긴 하루히코는 포기하지 않았다. 확실히 어떤 면에서 스토커는 스토커다.

마게타가 가출한 이유를 이제 알았다. 그렇다면 이야기는 간단하다. 구루미가 마게타의 희망대로 해주면 되는 것이다. 메구미도 틀림없이 기뻐할 것이다.

"만약에 괜찮다면……."

마게타에 대한 이야기를 하려는 순간 방해꾼이 또 끼어들었다.

"마게타를 데려왔어."

잘난 체하는 목소리가 등 뒤에서 들려왔다.

아니 등 뒤가 아니다. 뒤에 있는 것은 구운 주먹밥 가게다. 잘난 체하는 목소리는 구루미의 정수리 위에서 들려왔다.

설마 하고 생각하면서 뒤를 돌아 고개를 위쪽으로 쳐들어 보니 사람의 모습을 한 포가 있었다. 포가 삼색 고양이 마게타를 안고 〈고양이 밥집〉 지붕 위에 당당하게 서 있었다. 달빛이 등 쪽으로 쏟아져 내려와서 포는 마치 특집 드라마 주인공처럼 멋있어 보였다.

"위험해요!"

메구미가 허둥거리며 외쳤다. 하지만 하나도 위험하지 않다. 고양이는 높은 곳을 좋아하는 동물이다. '고양이와 연기는 높은 곳을 좋아한다'라는 말도 있을 정도다.

포는 몸이 아주 가벼웠다. 훌쩍 도약해서 나비처럼 사뿐히 바닥에 착지했다. 마게타를 안고 있었는데도 소리 하나 내지 않았다.

"굉장하다……."

"당연하지."

포의 사전에 '겸손'이라는 단어는 없다. 우쭐거리는 눈빛으로 검은 고양이 포가 메구미에게 이렇게 말했다.

"마게타를 우리가 맡아줄게."

"네? 하……하지만……."

메구미는 포의 제안에 당황스러워했다. 잠깐 이야기를 나누기는 했지만 만난 것은 이번이 겨우 두 번째다. 거의 초면이나 다름 없었다. 구루미와 포가 어디 사는 누구인지도 모른다.

분위기 파악을 못하는 포지만 사람의 심리 변화에는 민감한 편이다. 포가 메구미에게 자기소개를 하기 시작했다.

"나는 구로키 포다. 구로키 하나의 카페에서 점장을 하고 있어."

하나 씨에게 거짓말을 해서 카페의 점장 자리를 차지한 내막은 쏙 빼놓고 말했다. 아무리 포라고 해도 그런 자기소개로 신뢰를 얻는 것은 무리라고 생각했던 모양이다. 아무튼 효과는 즉시 나타났다.

"구로키 하나 씨……? 큰 땅을 소유한 부자 구로키 하나 씨 말인가요?"

메구미의 눈이 휘둥그레졌다. 메구미는 하나 씨를 잘 알고 있는 듯했다. 공인중개사 사무실에서도 느꼈지만 이 지역에서는 하나 씨의 이름만 대도 무조건 신용을 해주는 것 같았다. 무역을 할 때 쓰는 신용장 같은 느낌이다.

"그래. 그 하나야. 안심해."

변함없이 포는 명령조로 말했다.

"하지만……신세를 지는 게……."

메구미가 망설이고 있는데 다정한 목소리가 들려왔다.

"저는 메구미 님이 주워주고 키워줘서 정말 행복했습니다요 옹."

삼색 고양이의 모습으로 마게타가 말하기 시작했다. 고양이의 말로 이야기하기 때문에 메구미는 당연히 알아듣지 못한다.

"메구미 님이 주워주기 전까지 무엇을 위해 태어났는지 알지 못했습니다요옹. 혼자서 외롭게 밤길을 터벅터벅 걷다가 까마귀에게 습격을 당하고……차라리 태어나지 않았으면 좋았을 걸 하는 생각도 했습니다요옹."

밤바람이 구루미의 뺨을 스쳐지나갔다. 〈고양이 밥집〉 뒷문에는 여전히 마게타를 찾는 벽보가 붙어 있었다. 사진 속의 삼색 고양이 마게타는 행복한 듯 웃고 있었다.

"메구미 님이 주워줘서 정말 행복했어요옹. 함께 만화 영화를 보고 저에게 맛있는 밥을 주고……행복하기 위해 태어났다는 생각이 들었습니다요옹."

마게타는 그렇게 말하면서 메구미의 얼굴을 뚫어져라 쳐다보았다. 메구미에게 자신의 말이 닿을 리 없다는 걸 알면서도 마게타는 계속 이야기했다.

"메구미 님도 행복하기 위해 태어났다고 생각합니다요옹. 하루히코 님과 결혼해서 행복해지셨으면 좋겠습니다요옹. 메구미 님의 행복이 제 행복이기도 합니다요옹."

마게타가 이야기를 매듭지었다.

이런 건 반칙이다. 마게타는 지나치게 좋은 녀석이다.

구루미는 훌쩍훌쩍 눈물을 흘렸다. 마게타는 정말로 다정한 고양이다. 집사의 행복을 자신의 행복처럼 생각한다.

구루미가 감동에 젖어 있는데 포가 그것을 와장창 깨버렸다.

"구루미, 마게타의 말을 메구미에게 전해줘."

"뭐……뭐라고?"

고개를 들어보니 메구미가 구루미를 물끄러미 바라보고 있었다. 갑자기 울음을 터트린 구루미를 보고 메구미는 살짝 놀란 것 같았다. 메구미는 눈을 반짝반짝 빛내며 서 있었다.

"구루미는 고양이의 말을 알아들어."

그 순간 포가 폭로하고 말았다.

생각보다 메구미는 별로 놀라지 않은 것 같았다.

"그렇다면……『둘리틀 박사』 같은 건가요?"

메구미가 미국의 유명한 아동문학 작품의 제목을 말했다. 동물과 대화를 나눌 수 있는 수의사 이야기다. 안경을 쓴 겉모습처럼 메구미는 책을 좋아하는 것 같았다.

"그래. 그 둘리틀."

포가 딱 잘라 말했다. 틀림없이 포는 『둘리틀 박사』를 모르면서 아는 체하는 것 같다.

"둘리틀 구루미, 마게타가 하는 말을 메구미에게 빨리 전해."

"구루미 씨 알려주세요."

검은 고양이가 재촉하고 메구미도 부탁한다며 고개를 푹 숙였다. 더는 도망칠 곳이 없었다.

"마게타는 메구미 씨가 행복하길 바란대요……."

모기 목소리처럼 조그맣게 말했는데 삼색 고양이 마게타가 고개를 크게 끄덕거렸다.

"저는 메구미 님이 행복하게 사는 모습을 보고 싶습니다요옹."

마게타의 그 말까지 메구미에게 전해줄 필요는 없었다. 이미 메구미의 눈에서 커다란 눈물방울이 흘러넘쳤기 때문이다.

"마게타……고마워……."

특별한 능력이 없어도 마게타의 마음이 메구미에게 전해진 것이다.

9

"마음 내킬 때 보러 오면 돼. 우리는 카페를 하고 있어. 손님은 언제나 환영해."

이야기를 매듭지으려는 듯 포는 미남답게 말했다. 일부러 멋져 보이려고 하는 것처럼 들렸지만 포의 말은 진심이었다. 무뚝뚝한 표정을 짓고 있는 주제에 카페 홍보도 꽤나 잘했다.

"먼저 가서 마게타한테 청소를 시킬게."

메구미의 대답을 기다리지도 않고 포는 마게타를 데리고 갔다. 이래서는 삼색 고양이 납치 사건이 아닌가.

다행히 메구미는 제멋대로 마게타를 데리고 가는 포를 비난하지 않고 기쁜 마음으로 배웅해주었다. 메구미는 이제 울고 있지 않았다.

"멋진 사람이네요……."

동의를 구하듯 메구미가 말했지만 구루미는 아무 대답도 하지 못했다. 포는 원래 사람이 아니라 고양이기 때문이다.

어쩐지 졸지에 묘한 분위기가 되고 말았다. 사건이 하나 마무리되었는데 아직도 이야기가 계속 이어지는 느낌이 들었다. 그것을 무마하려고 구루미가 억지로 이야기를 정리했다.

"마게타는 카페에서 맡아 키울 테니 하루히코 씨와 행복하게 지내세요."

"감사합니다."

메구미가 고개를 깊이 숙였다. 이제 카페로 돌아가야겠다고 생각하는 순간 메구미가 터무니없는 소리를 했다.

"구루미 씨도 포 씨와 함께 행복하길 바라요."

"네."

엉겁결에 대답을 하고 나서 당황한 구루미는 자신의 입에 바로 손을 갖다 댔다.

아냐, 아냐, 포는 고양이야.

고양이와 행복해질 일 따위 없다고. 다른 의미에서 반려 동물로서 행복하게 지낼 수 있을지도 모른다.

아무튼 메구미는 완전히 오해하고 있었다.

"두 사람처럼 저희도 사이좋은 부부가 되도록 노력하겠습니다."

부부가 아니라고요!!

구루미는 마구 외치고 싶었다.

러시안 블루와
블랙커피

블랙커피 *Black Coffee*

추출한 커피에 아무것도
넣지 않고 그대로 마시는 것.
블랙커피를 마시는 사람은
그렇게 많지 않은 편이다.

1

오후 네 시를 알리는 벨소리 〈저녁놀이 희미해지다〉가 울려 퍼졌다.

가와고에 전체에 4월 1일부터 9월 30일까지는 〈들장미〉, 10월 1일부터 3월 30일까지 〈저녁놀이 희미해지다〉라는 벨소리가 울려 퍼진다. 이 벨소리는 아이들의 귀가 시간을 알려주기 위해 울려 퍼지는 것이 아니다. 방송 설비 동작 점검을 위한 '시험 방송'으로 오후 네 시면 어김없이 울려 퍼지는 벨소리다.

벨소리가 〈들장미〉에서 〈저녁놀이 희미해지다〉로 바뀐 지 얼마 안 된 어느 날 구루미는 카페 문을 일찌감치 닫고 신토미초의 마루히로 백화점으로 향했다.

마루히로 백화점은 도쿄나 다른 지역에서는 생소한 곳이지만 사이타마를 대표하는 백화점이라고 할 수 있다. 사이타마와 사카도, 이루마 등에도 마루히로 백화점 지점이 있다. 구루미가 지금 가는 곳은 마루히로 백화점 본점이다.

지방에 있는 백화점치고는 상당히 규모가 큰 편인데 폐점 시간이 좀 빠르다.

이날 구루미는 미남과 미소년 둘을 옆에 딱 세우고 길을 걸어가고 있었다. 오른쪽에는 왕자님 얼굴의 미남, 왼쪽에는 마음에 위안을 주는 미소년이 있다. 둘 다 고급스럽고 멋진 기모노를 입고 있어서 마치 광고 촬영 중인 모델처럼 보였다. 물론 이 둘은 모델이 아니다.

"오후 7시 폐점은 너무 빠릅니다요."

"이제 30분밖에 안 남았어."

마게타와 포가 말했다. 좀 더 빨리 카페 문을 닫고 출발했어야 한다. 하지만 해가 지기를 기다리느라 늦은 거라서 어쩔 수 없다.

"고양이의 모습으로는 백화점에 들어갈 수 없습니다요."

"성가시군."

마게타와 포를 마루히로 백화점에 데려가야 했다. 미남과 미소년 둘과 함께 가고 싶어서가 아니라 짐을 들고 올 녀석이 필요했기 때문이다.

"새 담요를 사러 갑니다요. 새 담요를 사러 갑니다요. 저는 너무 기쁩니다요."

"쓸데없는 지출이야."

마게타는 신바람이 났고 포는 인상을 찌푸렸다.

구루미는 담요와 이불이 없었다. 다세대 주택에서 카페로 이사할 때 겨울용 침구를 모두 버렸다. 몇 년이나 쓴 너덜너덜 낡은 침구라서 그때는 버리기 좋은 기회라고 생각했다.

그리고 곧바로 후회했다.

10월이 되자마자 갑자기 날씨가 으스스 추워졌다. 낡은 단층 건물이라서 그런지 다세대 주택에서 살았을 때보다 훨씬 춥게 느껴졌다. 최근 며칠 동안 구루미는 봄여름용 얇은 이불을 덮고 부들부들 떨었다. 포와 마게타도 추운 듯 몸을 움츠리고 지냈다. 그렇지 않아도 고양이는 추위를 잘 견디지 못한다. 그래서 빨리 담요와 이불을 구입해야 했다.

"다 함께 잠을 자면 조금은 따뜻해질지도 몰라."

"좋은 생각입니다요. 제가 구루미 님의 핫팩이 되어드리겠습니다요."

고양이라고 생각하면 가능한 일이다. 하지만 고양이 두 마리는 밤이 되면 미남과 미소년으로 둔갑한다. 더구나 태연하게 벌거벗고 있다. 고양이라서 옷을 입고 있는 것이 오히려 더 이상하지만 말이다.

옷을 걸치지 않은 미남과 미소년이 함께 잠을 자는 것은…….

"……그러지 않아도 괜찮아."

구루미가 대답했다.

사실은 구루미가 한번 생각해보겠다고 대답할 뻔한 것은 비밀이다.

2

구루미와 포, 마게타는 마루히로 백화점에 도착했다. 시계를 보니 오후 6시 40분이 지나고 있었다. 폐점 시간인 7시가 다가와서 한가롭게 윈도쇼핑을 하고 있을 겨를이 없었다.

그런데.

"식품 매장을 둘러볼게."

"저도 함께 다녀오겠습니다요."

포와 마게타는 제멋대로 식품 매장으로 가버렸다. 아무래도

저 둘은 음식에 흥미가 있는 모양이다.

뭐 담요와 이불을 사는 정도는 구루미 혼자서 충분히 할 수 있다. 돌아갈 때 구루미 대신 짐을 들고 가주면 그걸로 됐다.

구루미는 포와 마게타와 갈라져서 침구 매장으로 향했다. 오랜 불황 탓인지 폐점 시간이 다 되어가서 그런지 침구 매장은 손님이 구루미 말고 한 사람밖에 없을 정도로 한산했다. 여자 직원 혼자 상품을 정리하고 있었다.

일단 가격표를 확인하려고 가까이에 전시되어 있는 담요 근처에 다가갔다. 그 순간 침구 매장에 있던 손님이 구루미 쪽을 힐끗 바라보았다.

"구루미? 혹시 마시타 구루미?"

갑자기 그 손님이 구루미의 이름을 불렀다. 더구나 존칭은 붙이지도 않았다.

구루미보다 다섯 살은 많아 보이는 눈이 커다란 여자였다. 갈색으로 염색한 머리에 살짝 웨이브가 들어가 있었다. 스스로 멋지게 꾸몄다고 생각하겠지만 우동 가락에 채소와 고기를 넣고 볶은 야키소바를 머리 위에 얹어 놓은 것으로밖에 안 보였다. 하지만 적어도 구루미가 알고 있는 야키소바는 없다.

대답을 하지 않고 있자 야키소바 헤어스타일의 여자가 또 말을 건넸다.

"나야, 나. 기억 안 나?"

무슨 사기를 치려고 하나 구루미는 경계했지만 지나친 걱정이었다. 여자가 마침내 자신의 이름을 댔다.

"닛타 사유리. 중학교 때 함께 어울려 다녔잖아."

"아."

드디어 구루미는 기억이 났다. 구루미보다 나이가 많은 것이 아니라 동갑이었다. 같은 반 친구였던 닛타 사유리다. 하지만 구루미는 닛타 사유리와 친하지 않았다. 이름을 들을 때까지 완전히 잊어버리고 있을 정도였다. 당연히 전화번호도 이메일 주소도 모른다. 학창시절에도 졸업 후에도 교류가 전혀 없었다.

"걱정했어. 동창회에도 안 나와서."

닛타 사유리가 말했다. 지난달이었나 지지난달이었나 동창회가 있었다는 사실은 알고 있었다. 총무가 직접 참석하라는 전화까지 걸어왔다.

"회사를 그만두었어도 동창회는 참석하는 게 좋은데."

구루미가 일자리를 잃었다는 사실은 총무도 알고 있었다. 동창회 불참을 알릴 때 총무에게 살짝 알려줬던 것 같은 기분도 든다.

"힘들었겠다."

닛타 사유리가 엷은 미소를 보였다. 그 미소를 보고 직감적으로 알아차렸다. 제대로 이야기해본 적도 없는 동급생이 구루미에게 말을 건 이유를 비로소 깨달았다.

타인의 불행은 자신에게 꿀맛처럼 달다.

닛타 사유리는 그 꿀을 맛보려고 하고 있다.

"결혼하려고 하니?"

닛타 사유리의 입에서 뻔한 질문이 튀어나왔다. 회사를 그만두었다고 하면 꽤 높은 확률로 결혼에 대한 질문을 받는다. 닛타 사유리는 당연히 구루미가 정리해고 당한 것을 알고 밉살스럽게 물었다. 닛타 사유리의 왼쪽 약지에는 은반지가 반짝거리고 있었다. 결혼을 했거나 애인이 있거나 둘 중에 하나일 것이다.

학창시절에 닛타 사유리는 서열의 꼭대기에서 약간 아래에 위치한 인기 있는 여자 그룹에 속하는 학생이었다. 자기보다 서열이 낮은 사람은 비웃어도 좋다고 착각하고 있었던 것 같다. 타인을 무시하는 것을 유머감각이 있다고 생각하는 면도 있었다.

닛타 사유리는 어른이 되어도 그 버릇을 못 고친 듯하다. 그냥 무시하려고 생각했지만 구루미는 그럴 배짱이 없었다.

"……이제 가봐야 해. 안 그러면 곤란해서."

구루미는 주뼛주뼛 변명을 하고 도망쳤다. 이런 유형의 사람과는 가까이하지 않는 것이 좋다. 담요는 인터넷으로 사야겠다. 마루히로 백화점에는 손해겠지만 인터넷으로 사면 포인트도 얻을 수 있고 집 앞까지 편리하게 배달해준다.

인터넷 쇼핑의 장점을 떠올리면서 구루미는 돌아가려고 했다. 그런데 침구 매장 바로 앞에 미남과 미소년 둘이 서 있었다.

"아직 못 샀어?"

"구루미 님은 여유로워 보입니다요."

둘은 식품 매장에서 쇼핑을 했는지 빵 봉투를 들고 있었다. 고양이가 쇼핑을 할 줄은 몰랐다. 입고 있는 기모노도 이런 식으로 백화점에서 샀을지도 모르겠다.

"반려 동물 가게에서 고양이 목걸이를 팔고 있던데."

7층에도 갔다 온 모양이다. 반려 동물 가게에서 혈통서가 있는 고양이를 팔고 있을 텐데 그 부분은 언급하지 않았다. 늘 그렇듯 포는 구루미에게 고양이 목걸이를 사달라고 재촉했다.

"도대체 언제쯤 고양이 목걸이를 사줄 건데?"

"직접 사면 되잖아. 돈도 있으면서."

조그마한 목소리로 되받아치자 검은 고양이 왕자가 얼굴을 찌푸렸다.

"그렇게 인기 없는 고양이처럼 행동하고 싶지는 않아."

"스스로 고양이 목걸이를 사는 것은 저도 싫습니다요."

고양이 세계의 상식인 모양이다.

고양이 두 마리가 계속 보고를 했다.

"도룡뇽도 보고 왔습니다요."

"언제 봐도 기묘한 생물이지."

"이 세상 생물로 생각되지 않습니다요."

미남과 미소년으로 둔갑한 고양이가 훨씬 더 기묘하다고 생각한다. 하지만 도룡뇽도 기묘하게 생겼기 때문에 쌍지팡이 들고 나서지 않고 그냥 내버려 두었다. 세상에는 모르는 편이 더 좋은 것도 있다. 그건 그렇고 어쨌든 빨리 이 자리에서 벗어나야 한다.

"돌아가자."

"담요는 안 사고 그냥 가려고 하는 겁니까요. 춥습니다요."

"그렇게 돈이 없어?"

"구루미 님은 가난합니까요?"

"뭘 새삼스럽게 물어보냐. 구루미 얼굴을 보면 알 수 있잖아. 빈티 나고 억울해 보이는 얼굴이잖아."

"아……알았으니까."

포와 마게타, 둘의 등을 떠밀려고 하는 순간 닛타 사유리가 잽싸게 끼어들었다.

"구루미랑 아는 사이인가요?"

아까랑 말투도 표정도 완전히 달라졌다. 고양이도 둔갑할 줄 알지만 여자로 태도를 바꿀 줄 안다. 특히 잘생긴 남자 앞에서는 말이다.

"동거하고 있습니다요. 셋이서 함께 삽니다요."

마게타가 대답했다. 포가 아니라 마게타가 대답해서 그나마 다행이었다. 마게타가 집사라고 말하지 않고 끝났다.

구루미는 가슴을 쓸어내렸지만 닛타 사유리는 폭탄 발언으로 받아들였다.

"셋이서 함께 산다고……."

닛타 사유리의 눈이 조그맣게 쪼그라들었다. 방금 발굴된 흙으로 빚은 토우의 얼굴을 하고 있었다.

그 얼굴을 보고 구루미는 닛타 사유리가 마케타의 말을 자신과 다르게 받아들인다는 사실을 깨달았다. 포와 마게타랑 계속함께 있는 탓에 구루미의 상식이 마비된 모양이다. 미혼의 성인 여자가 미남 둘과 동거하고 있다는 말을 듣고 놀라는 건 어쩌면 당연한지도 모른다. 더구나 닛타 사유리의 기억 속에서의 구루미는 인기가 없는 여자였다.

"가족이나 친척?"

닛타 사유리는 상식적으로 해석하려고 했다. 미남 친인척과 함께 살고 있다고 생각하는 듯했다. 같은 사람이라면 닛타 사유리의 이야기에 적당히 맞장구를 쳐줄 만한 상황이었지만 고양이에게 사람의 상식은 통하지 않는다.

"지난달에 알게 된 생판 남인데."

"저는 지난주에 구루미 님을 알게 됐습니다요."

둘 다 솔직하게 대답했다. 닛타 사유리가 또 물었다.

"그러니까……어떤 관계……?"

"빗속에서 서로 꼭 껴안은 관계지."

"저는 혀로 할짝할짝한 관계입니다요."

포와 마게타가 망설임 없이 대답했다. 진흙탕 속으로 점점 더 깊이 빠져드는 것 같았다.

"뭐라고!?"

닛타 사유리의 눈이 휘둥그레졌다. 눈이 조그매졌다가 휘둥그레졌다가 정말 바쁘다. 닛타 사유리가 구루미를 바라보는 눈빛이 조금씩 달라지기 시작했다. 포와 마게타를 바라보는 눈빛도 미남을 대하는 시선이 아니게 되었다. 닛타 사유리는 공포와 선망이 뒤섞인 눈빛을 하고 있었다.

고양이는 사람이 어떤 눈빛으로 자기를 바라보는지 따위 전혀 신경 쓰지 않는다. 닛타 사유리의 시선을 무시하고 포는 구루미에게 물었다.

"담요는 찾아봤냐?"

"새 담요는 어떤 걸로 살 것입니까요?"

식품 매장을 둘러보고 온 주제에 고양이 두 마리는 어떤 담요를 살지 은근히 신경 쓰이는 모양이다.

"나한테 보여줘."

"저도 보고 싶습니다요."

구루미는 아무 말도 없이 고개를 가로저었다. 닛타 사유리와 마주치는 바람에 침구를 제대로 보지도 못했기 때문이다.

그랬더니 이번에는 고양이 두 마리가 직접 담요를 고르기 시작했다.

"왜 이렇게 담요가 비싸?"

가까이에 있던 유명 브랜드 담요를 보고 포가 얼굴을 찌푸렸다.

"진짜 가죽으로 된 고양이 목걸이를 살 수 있는 가격인데."

"그 담요는 비쌉니다요."

마게타도 끼어들어서 한숨을 푹 내쉬었다. 고양이에게 화폐 가치의 기준은 목걸이가 되는 걸까?

손으로 만져보던 담요를 원래 자리에 돌려놓고 포가 말했다.

"이렇게 비싼 담요를 살 필요 없어. 추우면 나를 껴안고 자면 되니까."

"저도 껴안고 자고 싶습니다요. 저를 안고 자면 틀림없이 기분이 좋을 것입니다요."

"장난하냐. 내가 훨씬 더 촉감이 좋거든."

느닷없이 둘이서 아웅다웅하기 시작했다. 폭신폭신한 털을 자랑하는 고양이로서 서로 양보할 수 없는 부분인 걸까. 미남 둘이 불꽃을 튀기며 경쟁했다.

"그만둬."

"구루미는 나랑 자고 싶지?"

"구루미 님의 밤 친구는 제가 맡겠습니다요."

불똥이 사방으로 튀었다. 문을 닫기 전의 한산한 백화점에 미남과 미소년으로 둔갑한 고양이들의 목소리가 울려 퍼졌다. 근처 매장의 직원들이 모두 구루미 쪽을 바라보고 있었다.

"이……이런 곳에서 싸우면 안 돼."

구루미가 목소리를 낮춰서 주의를 주었지만 효과는 전혀 없었다.

"마게타가 나빠."

"나쁜 건 포 님입니다요. 구루미 님을 혼자 차지하려고 하지 않습니까요."

"구루미는 내 집사야."

"제 집사이기도 합니다요."

"너한테는 메구미가 있잖아!? 나랑 구루미 사이를 방해하지 마라!!"

"……너무 심합니다요."

마게타가 말싸움에서 지고 눈물을 머금었다. 마게타의 귀여운 얼굴에 그늘이 지고 당장이라도 울음을 터트릴 것 같은 표정으로 구루미를 바라보았다.

"제가 방해가 됩니까요?"

"방해라니……."

구루미가 되묻자 이번에는 포가 구루미 쪽을 바라보았다.

"나보다 마게타랑 자고 싶은 거냐?"

눈물어린 눈은 아니었지만 슬픈 눈빛을 하고 있었다. 더구나 포의 긴 속눈썹이 희미하게 흔들리고 있었다.

"그게 아니라……."

오히려 구루미가 울고 싶은 심정이었다.

"누구랑 잘 건지 확실히 말해주었으면 좋겠습니다요."

"그래. 어느 쪽을 선택할 거야?"

구루미는 삼색 고양이와 검은 고양이에게 추궁을 당하고 있었다. 담요를 사러 왔는데 왜 이런 난감한 상황이 되어버린 거지? 포와 마게타가 구루미의 얼굴을 뚫어져라 바라보고 있었다. 둘 다 구루미의 대답을 기다리고 있는 것이다.

오로지 난처한 상황에서 빠져나가고 싶은 마음 하나로 구루미는 큰소리로 외치고 말았다.

"양쪽 다! 아무도 따돌리고 싶지 않아! ……셋이서 쓸 수 있는 크기의 담요를 주세욧!"

침구 매장에 구루미의 목소리가 쩌렁쩌렁 울려 퍼지고 이쪽의 상황을 엿보고 있던 직원이 반응을 보였다.

"아……알겠습니다……."

직원의 안색이 싹 달라져 있었다. 그래도 성실하게 대응해주는 모습을 보면서 프로는 프로라고 구루미는 감탄했다. 직원은 부랴부랴 커다란 담요를 찾고 있었다.

그 모습을 보고 포와 마게타가 싸움을 딱 멈췄다.

"알몸으로 잘 거니까 피부에 닿는 감촉이 좋은 담요로 줘."

"구루미 님과 담요를 같이 덮고 잘 겁니다요. 폭신폭신한 담요로 줬으면 좋겠습니다요."

고양이들이 다짐하듯 외쳤다. 그러자 그 옆에 서 있던 닛타 사유리가 아무 말도 없이 도망치듯 쓰윽 사라져 버렸다. 야키소바를 얹은 것 같은 머리가 시야에서 점점 멀어져갔다.

구루미는 두 번 다시 동창회는 나갈 수 없게 되었다. 이제 중학생 시절의 친구도 만날 수 없겠구나. 이렇게 사람은 고독해지는 걸까.

구루미 일행은 거대한 담요를 사서 마루히로 백화점을 나섰다.

3

셋이서 덮고 잘 수 있는 담요는 생각보다 비쌌다. 예산을 크게 뛰어넘었다.

구루미가 하나 씨의 돈을 맡아두고 있지만 이것은 어디까지나 카페의 운영 자금이다. 담요 사는 데 쓰라고 준 돈이 아니다. 하나 씨는 신경 쓰지 않겠지만 구루미는 신경이 많이 쓰였다. 공과 사의 구분이 필요하다.

셋이서 덮고 잘 수 있는 담요는 구루미 명의로 된 신용카드로 구입했다. 그러니까 다음 달에는 신용카드 결제일이 반드시 돌아올 것이다.

집세를 내지 않고 살고 있는 것은 굉장히 다행이지만 카페는 생각처럼 번성하지 않았다. 변함없이 카페의 수입은 없었다. 하다못해 담요 값이라도 벌어야지 그렇지 않으면 신용카드도 곧 정지되고 말 것이다. 구루미의 스마트폰은 여전히 정지된 상태다.

초조한 마음이 들어서 잠을 이루지 못하다가 구루미는 새벽 다섯 시에 잠자리에서 벌떡 일어났다. 한푼이라도 더 벌고자 평소보다 훨씬 이른 시간에 카페 문을 열었다. 출근하기 전에 회사원이 모닝커피를 마시러 올지도 모른다. 구루미는 그렇게 기대했다.

하지만 손님은 오지 않았다. 카페는 쥐 죽은 듯 고요했다. 그래서인지 시곗바늘 소리가 굉장히 크게 들렸다. 마치 경영이 제대로 안 되고 있다는 사실을 알려주는 것만 같았다. 무엇보다 카페 단골손님이라고 할 수 있는 사람이 마게타의 옛 집사인 메구미 정도밖에 없었다. 메구미는 커피를 한 잔 마시고 마게타와 놀아주다가 돌아가곤 했다. 그것이 카페 매출액의 전부였다.

시계 초침을 노려보고 있는데 삼색 고양이와 검은 고양이가 카페에 들어왔다.

"구루미 님 일찍 일어나셨습니다요옹."

"성실하다는 것만큼은 구루미의 장점이구냥."

고양이 두 마리 모두 만족스러운 표정을 짓고 있었다. 새로운 담요 덕분에 잠을 충분히 잔 모양이다. 한가로운 표정으로 기지개를 펴고 하품을 하고 있었다.

고양이가 한가로운 것은 당연하다. 하지만 고양이의 말을 이해해서 그런지 구루미는 약간 화가 치밀어 올랐다.

"고양이가 커피를 마시러 오지 않았냥?"

카페를 다시 열기 전에 포가 자신감에 넘쳐서 장담한 주제에 고양이는 한 마리도 얼씬거리지 않았다. 새침한 표정의 검은 고양이에게 구루미가 질문을 퍼부었다.

"어떻게 된 거야? 또 거짓말을 한 거니?"

"거짓말 따위 하지 않았다냥."

"그런데 왜……."

"구루미 님을 믿을 수 없기 때문입니다요옹."

포 옆에 있던 마게타가 의외의 대답을 했다.

"나를 못 믿는다고? 손님이 없는 이유와 무슨 관계가 있는데!?"

"하나부터 열까지 일일이 가르쳐줘야 하냥? 스스로 생각하고 그걸 실천하는 게 좋다냥."

이른 아침부터 검은 고양이가 구루미에게 설교를 늘어놓았다. 옳은 부분이 없는 것은 아니지만 고양이에게 듣고 싶지는 않은 잔소리였다. 뿌루퉁한 표정으로 쏘아보자 검은 고양이가 한숨을 섞어 가며 설명을 시작했다.

"커피를 마시기 위해서는 사람으로 둔갑할 필요가 있다냥."

굳이 설명할 필요도 없는 말이었다. 고양이의 모습을 하고 있을 때는 돈도 없을 테고 건강상의 문제도 있다.

고양이에게 커피는 독이다. 상황에 따라서는 고양이가 커피를 마시면 카페인 중독을 일으킬 가능성도 있다. 커피 외에도 양파와 초콜릿 등은 고양이에게 독이 되는 음식이다. 하지만 사람의 모습을 하고 있을 때는 커피를 먹어도 괜찮은 듯하다.

"쉽게 정체를 드러낼 수는 없습니다요옹. 드러낸다면 상대를 믿거나 절실하게 필요한 때입니다요옹."

설득력이 있었다. 슈퍼맨도 배트맨도 정체를 쉽게 드러내지 않는다. 스파이더맨은 정체가 발각됐지만 본인은 숨기고 싶었을 것이다.

슈퍼 히어로는 물론이고 고양이도 사람으로 둔갑한다는 사실이 알려진다면 틀림없이 크게 난리가 날 것이다. 괴롭힘을 당할 가능성도 있을 것이다. 적어도 고양이 몇 마리는 동물 실험 대상이 되어 해부를 당할지도 모른다.

무슨 생각을 하는지 알 수 없는 검은 고양이 왕자는 예외라고 해도 마게타가 사람의 모습으로 둔갑했던 것은 한시라도 빨리 하루히코에게서 벗어나야 한다는 속사정이 있었기 때문이다. 구루미를 전적으로 믿기 때문에 마게타가 사람으로 둔갑한 것은 아니었다.

"신용을 얻으면 해결됩니다요옹."

마게타는 가볍게 말했지만 그리 간단한 이야기는 아니다.

사람에게 신용을 얻은 적이 있는지도 솔직히 잘 모르겠다. 그런데 어떻게 해야 고양이에게 신용을 얻을 수 있을까?

고양이에게 신용, 고양이에게 신용, 고양이에게 신용. 구루미의 미간에 주름이 생겼다.

"아침을 먹으면 마음이 편안해집니다요옹. 시나몬 롤이 남아 있습니다요옹."

삼색 고양이 마게타가 먹어보라고 권했다. 어제 저녁에 포와 마게타가 마루히로 백화점에서 산 빵이다. 어젯밤에 둘이 저녁으로 먹고 남은 빵이 하나 있었다. 고양이에게는 사람의 음식이 해가 되니 이제 구루미가 먹는 수밖에 없다.

"먹고 싶지 않다면 밤까지 남겨둬라냥. 내가 저녁으로 먹겠다냥."

포가 뭐라고 말했지만 구루미는 못 들은 체했다. 이 녀석에게 빵을 넘겨줄 생각은 없다. 테이블 위에 둔 시나몬 롤을 손으로 집어 들었다.

시나몬 롤은 데니쉬 생지에 시나몬 슈가파우더를 두르고 새하얀 설탕 옷을 입힌 빵이다. 안타깝게도 시나몬 롤은 칼로리가 높은 빵이다.

"따뜻하게 데워 먹어도 맛있습니다요옹."

마게타의 조언을 따라 전자레인지에 시나몬 롤을 살짝 데웠다. 그러자 설탕 옷이 적당히 녹아서 시나몬의 향기가 더해졌다. 구루미는 방금 내린 커피 한 잔을 시나몬 롤 옆에 놔두었다.

완벽한 조합이다.

약간 쌉쌀한 커피와 달콤한 시나몬 롤은 최고로 잘 어울리는 조합이다. 돈이 없어도 남자 친구가 없어도 스마트폰이 정지되었어도 지금 구루미에게는 따뜻한 커피와 시나몬 롤이 있다.

"맛있어 보인다……."

먹기도 전에 달콤한 맛이 입 안 가득히 퍼지는 것 같다. 침을 꿀꺽 삼키고 구루미는 아직 따뜻한 시나몬 롤에 손을 뻗었다.

그 순간 예상치 못한 일이 벌어졌다. 스윙 도어에 붙어 있는 벨이 짤랑짤랑 울렸다.

시나몬 롤에 손을 뻗은 상태에서 구루미는 들어오는 문을 바라보았다. 그곳에는 파머 머리를 한 푸근한 모습의 할머니가 서 있었다.

"카페 문을 벌써 열었네."

할머니가 구루미에게 말했다.

손님이다! 손님이 찾아왔다!!

아침에 일찍 일어나 카페를 연 보람이 있었다. 일찍 일어난 새가 벌레를 잡아 먹는다는 속담은 사실이었다. 옛날 사람이 하는 말은 모두 다 옳다.

시나몬 롤을 접시에 다시 올려두고 구루미가 일어섰다.

"어서 오세요. 이쪽으로 앉으세요."

씩씩하게 고개를 숙여 인사하고 할머니를 자리로 안내하려고 했다.

하지만 무슨 까닭인지 할머니는 꼼짝도 하지 않았다.

구루미의 목소리가 들리지 않는 걸까? 수상쩍게 생각하고 있는데 할머니가 마침내 입을 열었다.

"고마워. 하지만 그 전에 물어보고 싶은 게 있는데."

"네?"

"혹시 러시안 블루를 알아?"

이것이 새로운 사건의 시작이었다.

4

"유미 님이라고 합니다요옹."

마게타가 가르쳐주었다. 꼬리가 짧은 삼색 고양이 마게타는
이 할머니를 알고 있었다. 에비하라 유미. 〈고양이 밥집〉의 단골
손님인 모양이다.

"메구미한테 들었어."

인사도 대충하고 유미 씨가 말했다. 유미 씨의 말을 듣고 고양
이 두 마리가 대화를 나눴다.

"입소문이 났나 봅니다요옹. 이 카페의 커피가 화제가 됐나 봅
니다요옹. 굉장합니다요냥. 굉장합니다요냥."

"내가 내린 커피다옹. 화제가 되는 게 당연하지냥."

삼색 고양이 마게타는 해맑게 기뻐하고 검은 고양이 포는 마
구 거들먹거렸다.

확실히 포가 내린 커피는 맛있다. 예를 들어 메구미는 커피 아

마레토를 좋아한다. 매일 마시고 싶을 정도라고 메구미가 극찬했다. 어레인지 커피도 굉장히 인기가 있는 느낌이다. 이 카페의 인기 메뉴가 될 것 같다고 구루미는 기대했다.

하지만 파머 머리를 한 유미 씨의 목적은 커피가 아니었다. 메뉴도 보지 않고 구루미에게 물었다.

"그쪽은 고양이의 마음을 읽을 줄 알지?"

"네?"

"가와고에의 둘리틀 박사라는 이야기를 들었어."

터무니없는 별명이 구루미에게 붙었다.

이 이야기는 틀림없이 메구미가 했을 것이다. 포가 적당히 동의한 구루미의 별명이 혼자 뿌리를 내리고 있었다. 카페의 커피가 아니라 구루미에 대한 입소문이 난 것이다. 앞으로 기분 나쁜 사건이 펼쳐질 것 같은 불길한 예감이 들었다.

구루미 곁에서 고양이들이 다시 이야기를 나누기 시작했다.

"사람이 고양이의 마음을 읽을 줄 알 리 없다냥."

"고양이끼리도 모릅니다요옹."

"그렇지냥. 고양이조차 모르는 걸 둔한 구루미가 알 리 없다옹."

둔하다는 말을 들은 건 섭섭하지만 고양이의 마음을 알지 못한다는 것은 맞는 말이다. 함께 살고 있는 포와 마게타의 기분도 구루미는 제대로 알지 못한다. 그저 서로 말이 통할 뿐이었다. 하지만 그런 상황을 설명하기는 쉽지 않았다.

"나는 고양이와 이야기할 수 있습니다."

이런 말을 하면 어디가 좀 아픈 여자라고 생각할 것이다. 어리고 귀여운 아이라면 모를까 서른 살을 코앞에 둔 여자에게는 허용되지 않는 말일 것이다. 하지만 구루미가 좋아서 나이를 많이 먹은 것은 아니다. 가능하다면 어리고 귀여운 여자아이로 남아 있고 싶었다.

엉겁결에 목소리가 입 밖으로 튀어나왔는지 포가 구루미를 힐끗 바라보았다.

"신경 쓸 필요 없다냥."

검은 고양이가 구루미에게 말을 건넸다. 자신의 말을 대견하게 여기는 듯 고개를 끄덕이며 확신에 가득한 말투로 계속 이야기했다.

"이미 늦었다냥. 가만히 있어도 아픈 여자 같으니까냥."

"아프다고요옹? 구루미 님이 무슨 병이라도 걸렸습니까옹?"

"어떤 의미에서는 병이지냥."

"그거 큰일 났습니다요옹."

"죽지 않으면 고쳐지지 않는 병이다냥."

"구루미 님은 죽는 겁니까요옹?"

"죽여도 죽지는 않는다냥."

"다행입니다요옹."

하나도 안 좋다. 냥, 옹이 너무 많아서 사실 둘이 하는 말을 제대로 알아듣지 못했다. 아무튼 마게타는 잘 모르겠지만 포는 분명히 구루미를 무시하고 있었다.

고양이의 말을 알아들어도 좋은 일 따위 하나도 없다. 사람이 고양이에게 위로를 받을 수 있는 것은 말이 전혀 통하지 않기 때문이다. 고양이를 좋아하는 사람들에게 이 사실을 알려주고 싶다. 뭐 알려줘도 그들은 여전히 고양이를 좋아하겠지만 말이다. 그 사람들은 스스로 원해서 고양이를 떠받드는 집사로 살아가고 있기 때문이다.

유미 씨가 계속 이야기를 했다.

"우리 집 고양이의 마음을 알고 싶어."

느닷없이 이야기가 바라지 않는 방향으로 진행되었다.

"한번 만나주지 않을래?"

유미 씨가 마침내 본론을 꺼냈다. 구루미는 거절하고 싶었다.

이곳은 카페다. 고양이 탐정 사무소도 고양이 휴게소도 고양이 문제해결소도 아니다. 여태까지 구루미가 고양이의 고민을 상담해준 기억도 없다.

"저기요⋯⋯."

막 거절하려는 순간 마게타가 절묘한 타이밍에 물었다.

"유리에게 무슨 일이 있는 걸까요옹?"

"유리?"

구루미가 소리 내어 유리라는 이름을 마게타에게 되물어본 것이 실수였다.

"어머, 우리 집 고양이의 이름을 알고 있네?"

유미 씨의 눈이 휘둥그레졌다. 처음 본 사람이 자기가 기르는 고양이의 이름을 말하면 깜짝 놀라는 것은 당연하다.

"어⋯⋯어어. 풍⋯⋯풍문으로."

고양이에게 들었다고는 차마 말할 수 없었다. 필사적으로 얼버무리려는 구루미를 곁눈질하면서 포와 마게타가 대화를 나누었다.

"골목대장 고양이 유리를 말하냥."

"이 지역에 유리에게 반항하는 고양이는 없습니다요옹. 주위 사람들한테 사랑도 받고 있습니다요옹."

"러시안 블루는 인기가 높은 고양이다냥."

"포 님과는 다른 느낌으로 잘생겼습니다요옹."

의도하지 않게 구루미는 여러 가지 정보를 단숨에 끌어 모았다. 유리는 이 지역 골목대장 고양이고 잘생겼고 사람들한테도 인기가 있다. 유리라는 러시안 블루 고양이는 아무런 구속도 받지 않는 만족스러운 삶을 사는 고양이로 추정된다. 그런 유리에 대한 이야기가 듣고 싶어지는 것은 무슨 까닭일까?

은근히 신경이 쓰였지만 그래도 유미 씨의 의뢰를 받아들일 마음은 없었다. 카페는 파리만 날리고 있는 상황인데 한번 만난 적도 없는 고양이의 이야기를 들어주고 있을 때가 아니다. 구루미에게는 카페를 번성시켜야 하는 사명이 있다. 생활이 걸려 있기 때문에 구루미의 목숨까지 걸어야 할 정도로 매달려야 한다. 둘리틀 박사라면 이런 제안을 흔쾌히 받아들였을 것이다. 생활의 여유가 있기 때문이다. 구루미도 수의사였다면 고양이의 이야기를 진지하게 들어주었을 것이다.

하지만 구루미는 둘리틀 박사도 수의사도 아니다. 백수보다 아주 조금 나은 상황이며 더구나 언제 백수가 될지도 알 수 없다.

딱 잘라 거절해야겠다.

"죄송합니다만……."

5

그날 밤.

구루미는 러시안 블루 고양이 유리를 기다리고 있었다. 제발 만나기만 해달라고 유미 씨가 정중하게 고개까지 숙이면서 부탁을 해서 차마 거절할 수 없었기 때문이다.

"헛수고하는 여자군."

왕자님 얼굴을 한 미남이 코웃음을 쳤다. 포다. 해가 지자 고양이 포는 사람으로 둔갑했다.

"젊었을 때 하는 고생은 사서도 한다는 말이 있습니다요."

마게타가 위로해주듯 말했다. 마게타도 곧이어 사람으로 둔갑했다. 마게타는 평소에 입는 기모노 위에 하얀 소매가 달린 요리복을 입고 삼각건까지 쓰고 있었다.

마게타를 길러준 구운 주먹밥 가게의 직원 복장인 듯하다. 요리복이 잘 어울리는 참신한 미소년이다. 마게타는 주방에서 뭐든지 바쁘게 열심히 일하고 있었다.

"구루미는 고생을 사서 할 정도의 여유가 없어. 구루미는 가난해. 더구나 이제 젊지도 않다고."

검은 고양이 포는 입이 거칠다. 하지만 엄밀히 말해서 틀린 소리를 하지는 않는다.

"다른 고양이랑 만날 시간이 있으면 커피를 내리는 연습이나 해. 네가 내린 커피는 상품성이 없단 말이야."

계속해서 구루미를 무시하면서 포가 커피를 내리기 시작했다. 반론하고 싶지만 포가 내린 커피는 확실히 맛있다. 단순한 블렌딩 커피지만 맛이 깔끔하다. 포가 내린 커피와 비교하면 구루미가 내린 커피는 맛이 한참 뒤떨어진다.

"평범하게 내렸는데……."

이렇게까지 맛이 다른 이유가 이해되지 않았다. 커피를 비교해서 마시며 곰곰이 생각하고 있자 포가 물었다.

"'평범하게'가 뭐야?"

"그러니까……."

구루미는 바로 대답을 할 수 없었다. 떠올리고 싶지도 않은 기억이 뇌리를 스쳐지나갔다.

회사에서 정리해고를 당하기 전까지는 평범하게 일하고 있다고 생각했다. 그랬기에 정리해고를 당하고 나서 불합리한 처사라며 억울한 기분에 사로잡혀 울고 싶은 심정으로 지냈다. 그런데 새삼스럽게 평범하게의 의미를 포가 묻자 도저히 대답을 할 수가 없었다.

"다른 사람과 마찬가지라는 의미야."

구루미는 가까스로 괴로움이 뒤섞인 대답을 토해냈다. 그저 말만 바꾸었을 뿐 제대로 된 답은 아니었다.

포가 끼어들지 않고 진지한 얼굴로 질문을 또 했다.

"다른 사람과 마찬가지로 즐거워?"

"즐겁다니……?"

구루미는 한 번도 그런 생각을 해본 적이 없었다. 책을 좋아해서 출판사에 취직했지만 즐겁다고 생각하며 일하지는 않았다. 그저 하루하루 살아갈 뿐이었다.

"일……일이 즐겁기만 한 건 아니니까."

궁색한 대답밖에 못 해서 더욱 괴로웠다. 이런 대답을 하려고 지금까지 살아왔던 걸까.

"그런가."

포가 고개를 끄덕이고 커피를 찻잔에 따라 붓기 시작했다.

"일에 대해서는 모르지만 커피는 즐거운 마음으로 내리면 맛있어져."

커피의 구수한 향이 카페 안에 가득 퍼졌다. 커피를 마시기 전부터 맛있다는 것을 알았다. 포는 즐거운 마음으로 커피를 내리고 있었다.

약속한 시간에 유미 씨가 찾아왔다.

"미안."

카페에 들어오자마자 고개를 푹 숙였다.

"함께 오기 싫다고 해서……."

유리에 대한 이야기다. 카페에 오는 것을 거부하고 유리가 옷
장 위로 올라가 숨어 있다고 한다.

"도무지 말을 안 들어서……."

유미 씨가 미안한 듯 고개를 연방 숙였다. 하지만 고양이가 제
멋대로인 성격이라는 것은 구루미 역시 너무나도 잘 알고 있었
다. 예를 들어 구루미가 알고 있는 검은 고양이 포는 성격이 비뚤
어지고 쌀쌀맞다. 더구나 옷장 위로 올라가 숨어 있는 귀염성도
없다. 오히려 사람을 다그치고 깔보는 건방진 고양이다.

물론 마게타처럼 성격 좋은 고양이도 있다.

"커피를 내렸습니다요."

마게타가 은빛 쟁반을 들고 왔다. 하얀 요리복을 입고 있는 탓
인지 마음에 위로가 되는 면이 강했다.

마게타는 커피와 함께 팬케이크를 갖고 왔다. 구루미의 몫까
지 충분히 있었다! 위로를 받았을 뿐만 아니라 기분도 굉장히 좋
아졌다.

테이블 위에 커피와 팬케이크를 내려놓으면서 마게타가 말했다.

"커피를 내린 건 포 님이지만 팬케이크를 만든 건 저입니다요."

의젓한 외모일뿐만 아니라 손재주까지 있었다. 테이블 위에 놓인 팬케이크에는 초콜릿으로 고양이 그림까지 그려놓았다. 초콜릿 색깔이 까매서 그런지 어쩐지 포의 모습과 닮은 고양이 그림이었다.

"따뜻할 때 드세요."

그 말에 대답이라도 하듯 구루미의 배에서 꼬르륵 소리가 조그맣게 났다.

버터와 설탕의 달콤한 향기가 구루미의 코를 간지럽혔다. 바삭바삭 구워진 팬케이크 위에 살포시 놓인 버터가 사르르 녹기 시작했다. 팬케이크도 시나몬 롤에 뒤지지 않을 정도로 커피와 잘 어울린다. 음식은 따뜻할 때 먹는 것이 예의다.

포크를 손에 들고 팬케이크를 막 먹으려는 순간 유미 씨가 굳은 표정으로 있다는 사실을 깨달았다. 유미 씨는 커피에도 팬케이크에도 전혀 손을 대려고 하지 않았다.

"안 드십니까요?"

마게타가 걱정스러운 듯이 물었다. 유미 씨는 팬케이크를 가만히 바라보고 있었다. 구루미도 팬케이크에 눈길을 주었다. 팬케이크에 고양이 털이라도 들어간 걸까?

"사실은……갖고 있는 돈이 별로 없어서…….."

말하기 곤란한 듯 유미 씨는 가까스로 그렇게 대답했다.

어쩐지 그래서 그랬구나. 구루미는 유미 씨가 팬케이크를 먹으려고 하지 않은 이유를 비로소 깨달았다.

하루에 두 번이나 카페에서 커피를 마시는 것은 돈이 넉넉히 있는 사람이나 하는 일이다. 〈커피 구로키〉는 커피 값이 비싸지는 않지만 그렇다고 싼 곳도 아니었다. 커피에 팬케이크를 먹는다면 천 엔은 내야 할 것이다. 그 정도 돈이라면 배터지게 먹다가 죽을 수도 있을 만큼의 숙주나물을 구입할 수 있다.

"부끄러운 이야기지만 연금을 받아 근근이 살아가고 있어. 남편이 먼저 저세상으로 가서 혼자 살고 있지……. 몸을 움직일 수 있는 동안은 어떻게든 버티겠지만 미래를 생각하면 정말 눈앞이 캄캄해서…….."

구루미는 유미 씨의 심정을 절절히 이해한다. 이 카페에 오기 전까지 구루미 역시 아무한테도 기댈 수 없다는 불안감에 잠 못 이루는 밤을 많이 보냈다. 어두운 천장을 바라보면서 계속 일자리도 구하지 못하고 혼자 살아가야 하나 몇 번이나 고민했다. 삶은 괴로운 것이다.

구루미는 할 말을 잃어버렸고 유미 씨도 잠자코 있었다.

무겁고 답답한 공기에 질식할 것 같은 순간에 마게타가 밝은 목소리로 분위기를 바꾸어놓았다.

"팬케이크는 시험 삼아 만들어 본 것입니다요. 돈을 지불하는 대신에 먹고 나서 감상을 들려주시면 좋겠습니다요. 평이 좋으면 정식 메뉴로 올리려고 합니다요."

역시 마게타는 좋은 녀석이다. 마음이 착하고 다정한 고양이다. 마게타가 곁에 있어줘서 정말 다행이다.

반면 심술궂은 포 녀석은 아무 말도 하지 않았다. 그리 반기는 표정은 아니었지만 마게타의 거짓말을 정정하지 않고 그냥 내버려 두었다.

"어서 드세요."

유미 씨가 팬케이크를 먹지 않으면 구루미도 먹지 못한다. 구루미는 방금 구운 팬케이크가 굉장히 먹고 싶었다. 빨리 먹지 않으면 팬케이크가 식어버린다.

따뜻할 때 꼭 먹고 싶다고 구루미는 마음속으로 빌었다.

"이렇게 맛있는 팬케이크는 여태까지 먹어본 적이 없어."

팬케이크를 다 먹은 뒤 유미 씨가 말했다.

완전히 빈말은 아닐 것이다. 마게타의 팬케이크는 정말로 아주 맛있었다. 정통 방식으로 만든 팬케이크에 가까웠다. 겉은 바삭바삭하고 안쪽은 폭신폭신한 팬케이크였다. 초콜릿 소스의 단맛이 버터의 향과 풍미를 더해주고 있었다. 메뉴판에 이 팬케이크를 올리면 틀림없이 크게 인기를 끌 것이다.

"커피도 맛있어"

유미 씨는 설탕도 우유도 넣지 않고 블랙커피로 마셨다. 포를 칭찬하고 싶은 마음은 없지만 커피도 굉장히 맛있었다. 깔끔하고 산미가 적당히 있는 커피였다.

"포 님이 팬케이크에 맞게 미디엄 로스트를 했나 봅니다요."

일부러 원두를 볶는 정도를 바꾼 듯하다. 미디엄 로스트는 라이트 로스트에 가깝게 원두를 볶는 방식이다.

참고로 말하자면 흔히 마시는 커피는 미디엄 로스트보다 두 단계 높은 시티 로스트로 볶은 것이다.

"담백한 팬케이크에는 미디엄 로스트가 잘 어울립니다요."

마게타가 미디엄 로스트에 대한 설명을 덧붙였다. 마게타의 사전은 《마게피디아》라고 불러야 할 것 같다.

그 커피를 다 마시고 유미 씨가 상담을 해왔다.

"최근에 우리 고양이가 밥을 안 먹는데."

"병에 걸렸습니까요?"

마게타가 걱정스러운 듯 물었다. 다정하고 붙임성 있는 삼색
고양이 마게타는 유미 씨와 금세 굉장히 친해졌다. 다른 손님이
없는 틈을 타서 마게타는 구루미 옆에 살그머니 앉았다.

무뚝뚝한 검은 고양이 포는 이야기에 끼지 않고 카운터에서
묵묵히 찻잔을 닦고 있었다. 하지만 시치미를 뚝 뗀 표정으로 포
는 그들의 이야기에 귀를 기울이고 있었다.

"그게 병인지 아닌지 잘 모르겠어."

"동물병원에는 데려갔습니까요?"

"데려가려고 했는데 가기 싫다면서 옷장 위로 숨어버렸어."

"혹시 유리랑 사이가 안 좋으십니까요?"

마게타가 단도직입적으로 물었다. 마침 구루미도 같은 생각을
하고 있었다. 유미 씨가 하는 말 한마디 한마디가 유리를 상당히
버거워한다는 인상을 받았기 때문이다.

"그러니까…… 아직 사이가 좋지는 않아. 죽은 남편이 유리를
보살폈거든."

유미 씨가 고개를 크게 끄덕였다. 유미 씨에게 죽은 남편이 기

르던 고양이는 남편을 잊지 않기 위한 기념물에 불과했던 모양이다.

"남편분이 고양이를 좋아하셨나 봐요?"

구루미가 무심코 물어보자 이번에는 유미 씨가 조그맣게 고개를 끄덕였다.

"남편이 고양이를 싫어하지는 않았지만 좋아한다고 말할 정도는 아니었어. 한 번도 고양이를 길러본 적도 없었는데……. 반 년 전에 갑자기 유리를 사왔어."

"고양이를 충동구매 했다는 말씀입니까?"

"충동적으로 뭔가를 사는 사람은 절대로 아니었어. 반려 동물 가게에서 고양이를 사올 줄은……."

러시안 블루는 절대로 저렴한 가격의 고양이가 아니다. 10만 엔에서 20만 엔은 쥐야 살 수 있고 반려 동물 가게에 따라서는 그보다 더 비싼 가격에 팔기도 한다. 연금으로 생활하는 노인이 선뜻 살 수 있는 금액이 아닌 것 같다는 생각이 든다.

고양이를 좋아하는 것도 아니고 그렇다고 충동구매도 아니다. 유미 씨의 남편은 무슨 생각으로 유리를 사왔을까?

구루미는 둘리틀 박사도 셜록 홈즈도 아니라서 도저히 이해하기가 어려웠다.

"강한 남자의 이름이야."

느닷없이 포가 말했다.

"어? 뭐가?"

"유리 아르바차코프."

한 글자도 빠짐없이 다 들었는데 의미 있는 말이라는 생각은 안 들었다. 마치 빨리 돌리기를 한 것 같았다.

하지만 그런 생각은 구루미만 한 듯하다. 유미 씨가 포를 향해서 커다랗게 고개를 끄덕였다.

"어머나. 젊은이가 잘 알고 있네. 그 유리 맞아."

유미 씨가 감탄했다.

"그 유리는……어떤 유리인가요?"

"그러니까 유리 아르바차코프."

포가 말했지만 만족스러운 대답은 아니었다. 그 유리 아르바차코프가 도대체 뭔지 모르겠다.

"잘 설명해봐."

"거절한다. 귀찮아. 모르는 편이 낫다."

"아, 너란 녀석은."

구루미는 포를 후려갈기고 싶은 마음이 들었다. 그때 마게타가 싸우지 말라며 중간에 끼어들었다.

"유리 아르바차코프. 러시안 살인청부업자라는 별명으로 유명한 복싱 세계 챔피언입니다요."

"복싱……."

《구루미피디아》에는 없는 정보였다. 출판사에서 일할 때도 구루미는 복싱과 관련된 책은 만들어보지 못했다.

도대체 그런 걸 어떻게 알고 있는지 의문스러웠지만 포와 마게타에게는 유리가 이웃 고양이였다. 더구나 유리는 골목대장 고양이라고 했다. 유리라는 이름의 유래를 알고 있어도 이상할 것이 하나도 없다.

"반려 동물 가게에서 가장 강해보이는 고양이를 사왔다고 했어. 집을 지키는 고양이로 둔다고……."

"집을 지키는 강아지가 아니라 집을 지키는 고양이라고요?"

"고양이가 손이 덜 가서 그런가 보군."

포가 마게타에게 이야기했다. 산책이나 광견병 예방주사를 비롯해서 여러 가지 생각해보면 확실히 강아지보다 고양이가 키우기 좋을지도 모른다.

"유리한테 첫눈에 반했다는 겁니까요?"

그럴 가능성도 있다.

아무튼 유미 씨의 남편과 유리는 사이가 좋았다.

"유리에게 날마다 말을 걸었어. 남자끼리의 이야기라면서 나한테는 비밀로 하고……. 고양이가 사람의 말을 이해할 리도 없는데……."

고양이에게 말을 거는 노인의 모습이 떠올랐다.

색이 변한 낡은 다다미 위에서 완고해 보이는 노인이 아름다운 털을 자랑하는 러시안 블루 고양이에게 다정하게 말을 걸고 있다. 고양이는 신묘한 표정으로 이야기를 듣고 노인의 부인은 저녁 식사를 준비한다.

도마 소리가 멎고 간장과 된장의 향기가 나는 식사가 완성된다. 노인의 부인이 고양이에게 무슨 말을 했냐고 물어도 노인도 고양이도 아무 대답도 하지 않는다. 비밀이라면서 고개를 가로젓고 노인의 부인은 일부러 한숨을 푹 내쉰다. 그리고 두 사람과 고양이 한 마리가 식사를 시작한다. 그런 하루하루가 평화롭게 이어져갔다.

그러던 어느 날 평화로운 매일을 잃어버리고 말았다. 집안의 기둥이었던 노인이 세상을 떠나고 나니 집에는 덩그러니 노인의 부인과 고양이만 남게 되었다. 노인의 다정한 목소리는 이제 들리지 않았다.

"남편이 소중하게 여긴 고양이야. 유리를 죽게 내버려 두었다가는 저 세상에서 남편이 몹시 화를 낼 거라고."

유미 씨는 강한 말투로 이야기했다. 구루미의 눈을 똑바로 바라보면서 말을 이어나갔다.

"왜 밥을 안 먹는지 알고 싶어. 병에 걸렸다면 동물병원에 데리고 가야 해."

6

"결국 이렇게 됐군."

유미 씨가 집으로 돌아간 뒤 검은 고양이 포가 어깨를 움츠리며 말했다. 키가 커서 훤칠한 포가 어깨를 움츠리니까 모델이 포즈를 취한 것처럼 멋져 보였다.

포만큼 멋있지는 않겠지만 구루미도 한번 어깨를 움츠려보고 싶었다. 구루미는 유미 씨의 부탁을 거절하지 못하고 내일이라도 집으로 찾아가서 러시안 블루 고양이 유리를 만나보겠다는 약속을 하고 말았다.

"구루미 님은 정말 다정합니다요. 그런 구루미 님이라서 제가 함께 있는 겁니다요."

마게타가 구루미를 위로해주었다. 연하의 미소년이 위로해주
자 구루미는 가슴이 벅차오르는 것을 느꼈다.

좀 더 위로해주면 좋겠다고 생각했다. 하지만 성품이 안 좋은
검은 고양이 포가 어김없이 방해를 했다.

"다정하다고?"

포가 인상을 찌푸리며 마게타에게 물었다.

"다른 사람 말대로 하는 것이 다정한 건가?"

"그런 측면도 있습니다요."

착한 고양이답게 마게타는 순순히 인정했다.

구루미는 반론할 마음이 없어서 다른 화제로 바꾸기로 했다.

"러시안 블루는 어떤 고양이야?"

"건방진 고양이지."

포의 대답이 바로 튀어나왔다. 건방지다고?

"그렇다면……포보다 더 건방져?"

구루미가 되묻자 포는 또 대답했다.

"내가 뭐가 건방져?"

진짜 아무것도 모르는 것처럼 포가 구루미를 이상하다는 표정
으로 바라보았다. 자각이 없다는 사실은 정말로 이렇게 무섭다.
포의 얼굴도 태도도 말도 모두 건방지다고 가르쳐주고 싶었다.

하지만 그 전에 마게타가 러시안 블루에 대해 친절하게 설명하기 시작했다.

"러시안 블루는 자존심이 강한 고양이입니다요. 원래 러시아 귀족이 길렀다는 말을 들을 정도입니다요."

건방지고 자존심이 강하고 귀족이 길렀다는 고양이가 러시안 블루다. 더구나 살인청부업자 같다고 했다. 어쩐지 굉장히 귀찮을 것 같은 고양이다.

"한 가지 덧붙이자면 조심성이 많은 고양이입니다요. 러시안 블루는 경계심이 강하고 다른 존재를 믿지 않는 성격을 갖고 있습니다요."

가까이 하고 싶지 않다는 마음이 점점 더 강하게 들었다. 어쩐지 깊은 상처를 안고 있을지도 모르겠다. 할리우드 영화의 주인공처럼 말이다.

그런데 이야기를 듣고 직감적으로 느껴지는 것이 있었다.

"유미 씨를 신뢰하지 않는 것도?"

"무슨 의미지?"

"신뢰하지 않는 사람이 주는 밥은 먹고 싶지 않을 거 같아서."

유미 씨를 신뢰하지 않기 때문에 러시안 블루가 밥을 먹지 않는다. 이치에 맞는 추리라고 생각했다. 하지만 포와 마게타의 동의는 얻지 못했다.

"몰라."

"모르겠습니다요."

두 마리 모두 쌀쌀맞게 대답했다. 뭔가 좀 더 할 말이 있을 텐데,
하고 불만을 품고 있을 때 고양이 두 마리가 다시 입을 열었다.

"유리가 누구를 신뢰하고 있는가 따위 알 리 없잖아."

"맞습니다요. 그 문제는 마음대로 대답할 수 없습니다요. 본인
에게 물어보는 것이 가장 좋습니다요."

아무래도 유미 씨의 집에 찾아가서 유리를 만나봐야 하는 것
같다. 한숨을 내쉬며 카페 문을 닫으려고 할 때였다.

스윙 도어에 붙어 있는 벨이 짤랑짤랑 울렸다. 누군가가 들어
오는 소리다. 이런 시간에 손님? 손님이 찾아온 걸까?

카페 입구를 바라보고 구루미는 화들짝 놀랐다.

카페에 들어온 사람은 외국 사람이었다.

구루미보다 서너 살 정도 많아 보이는 남자가 카페로 성큼성
큼 들어왔다.

눈처럼 하얀 피부에 비단처럼 윤기가 자르르 도는 은빛 머리
를 한 남자였다. 짧은 머리에 에메랄드그린 색의 눈동자를 하고

있었다. 남자가 입고 있는 하얀 헨리넥 티셔츠는 자신의 분위기와 참 잘 어울렸다.

한눈에 봐도 근육질이라는 걸 알 수 있는 체형을 지닌 남자다. 할리우드의 액션 스타, 그것도 군인이나 살인청부업자를 연기하는 배우 같은 외모였다.

거친 사나이의 매력을 풍기는 미남자였다. 구루미는 단번에 시선을 빼앗기고 말았다. 손이 아름다운 남자한테도 약하지만 근육질의 탄탄한 남자의 몸을 보면 가슴이 설렜다. 아니다. 이렇게 넋을 넣고 바라보고 있을 때가 아니다.

모처럼 카페에 찾아온 손님이다. 사실 가와고에를 찾아오는 외국 사람이 절대로 드문 건 아니다. 가와고에에서 살고 있는 외국 사람도 있을 것이다. 카페에 찾아온 손님을 제대로 대접하지 못하면 카페에 대한 나쁜 평판이 퍼질지도 모른다. 인터넷에 카페에 대한 험담이 올라오면 〈커피 구로키〉는 금방 망해버리고 말 것이다.

"헬……헬로?"

일단 손님에게 인사를 건넸다. 발음은 제대로 했다고 생각했다. 구루미의 학창시절 영어 성적은 꽤 좋았다. 영어능력 2급 자격증까지 갖고 있다.

그런데 구루미의 인사를 듣고도 아무런 반응을 보이지 않았다. 미남인 외국 사람은 눈썹 하나 까딱하지 않았다.

말이 통하지 않는 걸까? 헬로가 아니라 웰컴이라고 말해야 하는 걸까? '어서 오세요'를 정확하게 표현하는 말을 구루미는 알지 못한다. 어……어떻게 하면 좋을까?

"진정해."

그때 포의 목소리가 들렸다. 잘생긴 외국 사람에게 눈길을 흘깃 주더니 귀찮은 듯 포가 중얼거렸다.

"저 녀석은 미국 사람도 영국 사람도 아냐."

그러니까 일본어로 말해도 된다는 걸까. 일본어라면 구루미도 자신이 있다. 30년 가까이 사용했으니까. 당혹스러움이 사라지고 구루미의 마음에 안정이 찾아왔다.

미남인 외국 사람 쪽으로 다시 몸을 돌렸지만 일본어로 어서 오세요, 라고 말하지는 못했다. 그 순간 마게타가 끼어들어 말했다.

"러시아 사람입니다요."

예상 밖의 일격을 당했다.

"러, 러, 러시아?"

러시아 사람이라면 틀림없이 러시아어를 할 것이다. 하지만 구루미가 아는 러시아어는 보드카, 피로시키*, 고르바초프, 옐친, 푸틴 정도밖에 없다.

외국어는 단어를 나열하기만 해도 뜻이 통할 때가 있기는 있다. 하지만 그렇다고 지금 피로시키, 옐친, 푸틴이라고 말할 수는 없다.

어쩔 줄 몰라 하는데 다시 포가 구루미에게 말을 건넸다.

"당황하지 마. 일본말도 알아들으니까."

"정말?"

지푸라기라도 잡는 심정으로 되묻자 검은 고양이 왕자가 인상을 찡그렸다.

"변함없이 둔한 여자군. 아직도 눈치 못 챘어?"

"뭐?"

"러시아는 러시아지만 저 녀석은 사람이 아냐."

포가 무슨 말을 하려는 건지 마침내 구루미는 깨달았다.

"설……설마……."

"그래."

구루미의 말을 끝까지 듣지도 않고 포가 고개를 끄덕거렸다.

- 빵에 고기와 채소를 넣고 튀긴 음식.

"외……외국 사람으로도 둔갑할 수 있어?"

"고양이에게 국경은 없습니다요."

마게타가 마치 격언처럼 멋지게 말하면서 은빛 머리의 미남을 소개했다.

"러시안 블루 고양이 유리입니다요."

유미 씨가 기르는 고양이가 사람의 모습으로 둔갑해서 카페를 찾아온 것이다.

"어서 오세요. 〈커피 구로키〉에 오신 걸 환영해요."

일단 카페 손님으로 맞이하기 위해 구루미가 인사했지만 유리는 그 인사를 무시했다. 건조한 목소리로 유리가 말했다.

"그 녀석이 부탁을 한 모양이군."

"그 녀석?"

"유미."

유미 씨를 그 녀석이라고 부를 뿐만 아니라 집사의 이름에 존칭조차 붙이지 않았다. 평소에도 그런 태도로 대한다는 것을 알 수 있는 말투였다.

역시 건방진 고양이다. 포 역시 구루미에게 존칭을 쓰지 않지만 말이다.

"유미가 무슨 부탁을 했는지 알고 있어. 거절한다. 나한테 신경 쓰지 마."

유리가 구루미에게 명령하듯 말했다. 처음 만난 사이인데 몹시 무례한 고양이다. 포 역시 처음부터 명령조로 말하기는 했다.

유리보다 먼저 야단을 쳐야 하는 녀석이 있다는 것을 구루미는 이제야 깨달았다. 그 녀석에게 눈길을 돌렸지만 그 녀석은 시치미 뚝 뗀 얼굴로 묵묵히 커피를 내리고 있었다.

유리는 유리대로 집요하게 구루미를 위협했다.

"쓸데없이 끼어들지 마. 시간이 남아돌아서 심심하면 길에 있는 쓰레기라도 주우며 다니든가."

구루미는 점점 화가 치밀어 올랐다. 구루미가 원해서 고양이의 말을 이해하게 된 것은 아니다. 구루미가 원해서 고양이를 상대하고 있는 것도 아니다.

"도대체 어째서 아무것도 안 먹는 거야?"

구루미는 단도직입적으로 유리에게 물었다. 짜증이 밀려온 것도 있고 이렇게 건방지고 무례한 고양이한테는 하고 싶은 말을 똑바로 해야겠다고 생각했기 때문이다. 유리가 밥을 안 먹는 이유를 알게 되면 그것으로 구루미의 임무는 완료된다. 그 다음에 구루미는 카페 일에 온전히 집중할 수 있다.

하지만 세상은 냉정해서 언제나 구루미가 생각하는 대로 되지 않는다. 유리는 구루미의 질문에 대답하지 않았다.

"나한테 신경 쓰지 말라는 소리 못 들었어?"

낮은 목소리로 중얼거리더니 한 걸음 두 걸음 구루미에게 점점 더 가까이 다가왔다. 원래는 고양이라는 것을 알고 있지만 솔직히 무서웠다. 진짜 살인청부업자를 연상시킬 정도로 박력이 있었다.

"이 일에서 손을 떼. 나한테 신경 쓰지 않는다고 약속해줘."

"유미 씨가 걱정하고 있어."

구루미가 유리의 감정에 호소했지만 전혀 통하지 않았다.

"걱정이라고? 자기 자신도 돌보지 못하는 노인네가 웃기지 말라고 해."

"너……너 말이야……."

"다시 한 번 말하지. 나와 유미한테 신경 쓰지 마. 관에 다리 하나가 들어가 있는 노인네 부탁 따위 무시하라고."

이대로 뒤로 물러날 수는 없다. 유리가 쏟아내는 말들은 아무리 생각해도 너무 심했다.

"유미 씨는 너를 소중하게 여기고 있어."

유리는 세상을 떠난 유미 씨의 남편이 남긴 두 사람의 추억이 담긴 존재다. 두 사람이 살아가면서 만든 추억이 유리에게도 고스란히 깃들어 있는 것이다.

"왜 밥을 먹지 않는지 가르쳐주면 더는 신경 쓰지 않을게. 어디 아픈 거야? 그럼 병원에 데려가 줄 거야. 유미 씨가……."

"닥쳐!! 닥치고 내가 하는 말대로 해!! 신경 쓰지 마!! 여자답게 얌전하게 굴라고!!"

이 얼마나 무례하고 제멋대로 말하는 고양이인가. 구루미는 이번에는 진짜 화가 머리끝까지 났다.

"신경 쓰든 말든 어쨌든 네가 밥을 먹지 않는 이유를 나한테 알려주면 되잖아!!"

"흠. 배짱이 좋군."

은빛 머리의 외국 사람이 입술을 삐죽거렸다.

"내 말이 들리지 않나 보군. 귀가 잘못되었는지도 모르겠어. 그냥 신경 쓰지 말라고."

손가락 관절을 딱딱 꺾어서 소리를 냈다. 혹시 화면이 잘 나오지 않는 오래된 텔레비전을 두드리듯 구루미를 때릴 작정인 걸까.

"우리 집 텔레비전은 두드리면 나와."

역시. 어디까지가 진짜인지 알 수 없지만 그 텔레비전은 꽹

장히 오래된 것일 것이다. 요즘 텔레비전은 두드리면 망가질
뿐이다.

"나는 텔레비전이 아냐."

"그래서 뭐? 텔레비전이나 사람이나 비슷해. 때리면 고쳐질지
도 몰라."

망가뜨리는 것을 전제로 하고 있는 것일까.

"무리야."

포가 중얼거렸다. 어느새 포가 가까이 다가와 서 있었다. 구루
미를 도와주러 온 걸까?

유리의 예리한 화살촉이 이번에는 포에게로 향했다.

"나한테 반항하는 거냐?"

"무리라는 말만 했는데. 이 여자는 귀도 머리도 얼굴도 모두
다 형편없어. 때린다고 해서 절대로 좋아지지 않아. 피곤해지기
만 한다고. 그냥 집어치워."

이게 감싸주는 건가. 유리보다 포가 훨씬 거칠고 무례하게 말
했다.

"네 말 따위 안 들어."

"잘난 체하고 싶은가 보군. 도대체 어떻게 생겨먹은 말버릇이
지?"

"뭐라고?"

유리의 눈매가 사나워졌다. 유리는 태도가 안 좋고 포는 성격이 안 좋다. 당장이라도 싸움이 벌어질 것 같았다.

말려야 한다.

다치기라도 한다면 당장 동물병원에 데려가야 할지도 모른다. 사람이 가는 병원보다 치료비가 훨씬 비쌀 텐데.

"그만둬."

검은 고양이와 러시안 블루를 떼어놓으려는 순간 누군가가 구루미의 옷을 쭉 잡아당겼다. 뒤를 획 돌아다보니 마게타가 구루미의 치맛자락을 잡아당기고 있었다.

"가까이 가면 위험합니다요!!"

걱정해주는 것은 기쁘지만 치맛자락을 잡아당길 것까지는 없다. 치마가 돌돌 젖혀져 위로 올라갔기 때문이다.

구루미에게도 최소한의 수치심은 있다. 상대가 고양이라고 해도 팬티를 보이고 싶은 마음은 절대 없다.

"꺄아악!"

구루미가 서둘러 치맛자락을 움켜잡은 것이 잘못이었다. 그 바람에 구루미는 그만 균형을 잃어버리고 말았다.

하필이면 이날따라 구루미는 하이힐을 신고 있었다. 몇 번이나 이야기했지만 구루미는 운동 신경이 그리 좋은 편은 아니다. 얼굴 쪽부터 바닥에 부딪힐 것 같았다. 마게타가 치맛자락을 붙잡고 있었기 때문에 구루미는 재빨리 손으로 바닥을 짚을 수 없었다.

이러다가 틀림없이 넘어지고 말 것이다. 바닥에 구루미의 얼굴이 부딪힐 것이다.

포와 만난 뒤로는 구루미는 늘 넘어지기만 하는 것 같은 기분이 든다. 모두 다 검은 고양이 포 탓이다. 구루미는 검은 고양이를 저주한다.

하지만 구루미는 넘어지지 않았다. 구루미를 안아서 넘어지지 못하게 한 어두운 그림자가 있었다.

"둔해 빠진 여자군."

그 그림자는 바로 유리였다. 날렵한 몸으로 잽싸게 다가와서 구루미를 구해주었다. 다행스럽게도 구루미의 얼굴이 바닥에 부딪히지 않고 끝났다.

"……고마워."

하지만 문제가 있었다. 구루미의 뺨이 유리의 가슴팍에 푹 닿아 있었다. 단단한 근육과 매끈한 피부의 감촉이 느껴졌다.

……사람으로 둔갑한 고양이의 피부에 사람의 피부가 닿아서

는 안 된다.

이 금기를 어기면 그들은 부들부들 털뭉치가 되어버린다. 사람에서 다시 고양이가 되어버리는 것이다. 유리의 경우에도 이 법칙은 어김없이 들어맞았다.

"힘들게 하지 마라냥."

사람의 말투에서 고양이 말투로 바뀌고 근육질 몸매가 조그맣게 줄어들기 시작했다. 보기 좋은 삼각형 모양의 귀가 쏙 하고 나타나고 유리가 입고 있던 옷이 바닥에 스르륵 떨어졌다.

서양풍 카페에 아름다운 고양이가 나타났다. 윤기가 자르르 흐르는 푸르스름한 털은 아름답고 에메랄드그린 눈동자가 고요하게 빛나고 있었다.

이것이 바로 러시안 블루 고양이구나. 사람으로 둔갑했을 때보다 고양이로 있을 때가 훨씬 더 잘생겼다. 보기만 해도 손에 닿는 감촉이 좋을 것만 같은 고운 털을 갖고 있었다. 러시안 블루 고양이의 머리와 등을 쓰다듬어주고 싶었지만 유리가 허락해줄 거라고는 도저히 상상하기 어려웠다. 하지만 그런 점이 더욱 매력적이었다.

"아무튼 나한테 신경 쓰지 마라냥. 저기 버림받은 고양이들이나 보살펴줘라냥."

아무 일도 없었던 것처럼 중얼거리면서 유리는 카페에서 터벅터벅 나갔다.

"흠. 보살펴주는 것은 오히려 난데."

포가 콧방귀를 뀌었다.

7

유리를 길러준 집은 오래된 이층 단독 주택이었다.

자식과 손자와 다 함께 모여 사는 것을 꿈꾸며 유미의 남편이 세운 집이다. 그 집에서 떠들썩하고 즐겁게 살아가고 싶다고 바랐던 것 같다.

그러나 그 꿈은 결국 이루어지지 않았다. 자식들은 각자 다른 장소에서 가정을 꾸몄다. 사이가 틀어진 것은 아니지만 아무래도 서서히 멀어지게 되었다. 지금 그 집에 사는 사람은 유미와 유리뿐이다.

참견하려 드는 구루미 무리가 있는 카페를 떠나 유리는 집으로 터벅터벅 돌아왔다. 평소처럼 지붕 위에 올라가서 2층 창문을 통해서 집 안으로 들어갔다.

2층에 있는 방은 원래 아이들이 쓰던 곳이다. 지금은 창고처럼 방치되어 있다. 계단으로 올라가는 게 힘들고 귀찮은지 유미는 좀처럼 2층에 올라오지 않았다.

계단을 내려가서 1층에 도착하니 향냄새가 풍기는 방에 유미가 앉아 있었다. 등을 구부리고 앉아서 불단에 대고 두런두런 이야기를 건네고 있었다.

"당신이 죽고 나서 집이 쥐 죽은 듯 고요해졌어요……. 아이들이 안부 전화는 가끔 하는데 너무 바쁜 거 같네요……."

여러 번 들어본 이야기다. 유미는 아침에도 밤에도 똑같은 이야기를 되풀이했다. 유미의 남편이 죽고 나서 줄곧 그런 상황이 계속되었다.

조그만 목소리로 야옹 하고 울자 유미가 유리를 물끄러미 바라보았다. 유미의 눈은 그렁그렁 눈물을 머금고 있었다. 지나간 나날을 그리워하며 울고 있었던 것이다.

유미는 눈물을 닦을 생각도 하지 않고 유리에게 다정하게 말했다.

"이런 유리. 거기 있었니? 지금 밥 줄게."

밥을 달라고 할 생각은 없었다. 1층에 내려오지 않을 걸 그랬다. 유리는 2층으로 다시 올라가서 창문을 통해 바깥으로 뛰쳐나갔다.

　울고 있던 유미의 얼굴이 언제까지나 망막에 남아 유리는 우울해졌다.

8

　그 무렵 구루미는 포에게 설교를 당하고 있었다.

　"유리는 그냥 내버려 둬. 쓸데없는 짓을 하느라 시간 낭비하고 있을 때가 아냐."

　포한테 그런 말을 듣지 않아도 구루미 역시 잘 알고 있었다.

　"지금처럼 카페에 손님이 오지 않으면 밥을 쫄쫄 굶게 될 것입니다요."

　마게타까지 포를 거들고 나섰다. 오늘 손님은 유미 씨 한 사람뿐이었다. 더구나 팬케이크는 서비스로 제공했다. 포와 마게타의 말에 트집 잡을 것도 없이 당연히 오늘도 카페는 적자였다.

　"그렇게 될지도 모르지만 부탁을 받았고……. 어디 아픈 거라면 유미 씨한테 가르쳐드려야 하는데……."

　"네 눈은 장식용이냐?"

틀에 박힌 모욕적인 말이 구루미를 향해 날아왔다. 화가 나기보다 당황스러웠다. 이 검은 고양이는 언제나 너무 당돌하게 지껄인다.

"무슨 소리야?"

"유리가 아픈 것처럼 보이는 네 눈은 장식용이라고."

포는 유리가 아프지 않다고 말하고 싶은 것 같다.

"하지만 밥을 안 먹는다는데."

"밥을 안 먹는 고양이의 모습이 아냐."

"아……."

확실히 그렇기는 하다. 유리는 긴장한 것처럼 보였지만 전혀 야위지 않았다. 윤기가 자르르 흐르는 털을 지녔고 필요 이상으로 굉장히 건강해 보였다. 구루미를 체격만으로 위협할 정도였다.

"그럼 유미 씨가 거짓말을 한 거야?"

"구루미에게 거짓말을 했다고 해도 어쩔 수 없어. 시간 낭비 이제 그만해."

이것저것 마음에 걸리는 부분이 있기는 하지만 유리는 몰라도 유미 씨는 거짓말할 사람처럼 보이지 않았다. 하지만 그렇다면 더욱더 영문을 알 수 없게 된다.

"유미 씨가 주는 밥을 안 먹었는데도 건강하다니……."

온통 수수께끼투성이다.

"고양이한테는 종종 있는 일이지."

"정말 그렇습니다요."

포와 마게타가 입을 모아 말했다. 진짜인 모양이다.

고양이는 먹지 않아도 괜찮은 걸까?

구루미는 여러 가지 생각을 했다. 애초에 사람으로 둔갑할 수 있는 고양이들이다. 포와 마게타도 밥을 주지 않아도 될까. 먹지 않아도 괜찮다면 식비는 물론 밥을 준비해주는 시간까지 절약할 수 있다.

"뭔가 변변치 않은 생각을 하고 있는 것 같은데?"

포가 인상을 찌푸렸다. 고양이가 사람의 마음을 읽을 줄 안다는 얘기는 종종 듣는다. 하지만 이 검은 고양이는 심리 전문가로 생각될 만큼 예리했다.

"변변치 않은 생각이라니 무슨?"

"너 말이야. '구루미'라고 쓰고 '변변치 않다'로 읽는다."

이런 이야기는 처음 들었다. 구루미의 부모님은 그런 의도로 이름을 붙이지 않았다.

"너란 고양이는 정말……."

포에게 미친 듯이 화를 내고 싶었는데 마게타가 끼어들었다.

"이제 그만하세요. 이런 종류의 싸움은 고양이도 안 먹습니다요."

중재 캐릭터가 잘 어울리기는 하지만 발언 내용 중에 틀린 것이 있다. 고양이도 안 먹는 것이 아니라 개도 안 먹는다가 맞다. 더구나 개도 안 먹는다는 것은 대부분 부부싸움을 중재할 때 쓰는 말이다.

그 말을 잘 모르는 걸까, 뭔가 착각하고 있는 걸까. 어쩌면 마게타가 아니라 구루미가 착각하고 있는 건지도 모른다.

캐물어 볼까 생각했지만 마게타의 흥미는 이미 다른 곳으로 옮겨가 있었다. 마게타는 시선을 떨구고 중얼거렸다.

"옷을 잊어버리고 두고 갔습니다요."

유리의 옷이 바닥에 내팽개쳐있었다. 잊어버리고 두고 간 것이 아니라 사람에서 고양이로 돌아갔기 때문에 옷을 들고 갈 수 없었을 뿐이다.

"더러워지겠습니다요."

마게타는 그 옷을 주워서 정성을 다해 착착 개기 시작했다. 요리복을 입고 삼각건을 쓰고 있기 때문인지 엄마 같은 느낌마저 들었다. 동작 하나하나에 마게타의 좋은 성품이 드러났다. 정말로 마게타는 마음에 위안을 주는 고양이다.

"옷을 가지러 오면 다시 한 번 물어보세요. 잘 이야기하면 이해할 겁니다요."

그 유리라는 고양이가 순순히 대답할 거라고는 생각하지 않는다. 하지만 다른 방법도 딱히 떠오르지 않는다. 무릎이나 코끝을 서로 맞대고 진지하게 물어보는 수밖에 없다.

더구나……

유리는 구루미가 넘어지려고 할 때 잽싸게 구해주었다. 태도가 안 좋을 뿐 어쩌면 성격은 괜찮은지도 모른다.

"응. 알았어."

구루미는 고개를 끄덕이고 유리를 기다리기로 했다. 행운은 천천히 기다려야 한다고 《구루미피디아》에도 쓰여 있다.

하지만 러시안 블루 고양이는 카페에 찾아오지 않았다.

다음날 해 지기 조금 전에 유미 씨가 카페로 황급히 달려왔다.

"유리가 사라져버렸어."

새로운 사건이 일어났다. 이번에는 고양이가 행방불명되었다.

나이를 먹어도 인생은 계속된다. 밤이슬을 피하고 밥을 먹기 위해서는 돈을 벌어야 한다.

유미는 고용 지원 센터에 등록해서 청소와 잡초 뽑기, 농촌 일

돕기 등을 하고 있다. 받는 보수는 적지만 연금으로만 생활하는 고령자에게는 귀중한 수입원이다.

노후에 필요한 돈은 천만 엔에서 이천만 엔 정도라고 알려져 있다. 구루미의 세대는 연금을 받을 수 있을지 없을지조차 알 수 없다. 구루미가 저축을 많이 할 것 같지도 않다. 죽는 것은 두렵지만 오래 사는 것도 두렵다. 엉겁결에 내뱉은 진심을 고양이들이 또 알아들었다.

"구루미는 틀림없이 오래 살 거야옹."

"오래 사는 것은 축복받은 일입니다요옹."

"맞다냥. 구루미는 복 받았다냥."

포의 복 받았다는 말에는 빈정거리는 의미도 담겨 있는 것 같았다. 검은 고양이 포가 복 받았다는 말을 빈정거리는 의미로 쓴 것은 분명하다. 포를 한 대 때려주고 싶은 마음이 들었지만 꾹 참았다. 아무튼 그건 그렇고.

남편이 세상을 떠나고 나서 유미 씨는 계속 일을 하고 있었다. 정직원이 아니라 일주일에 삼사일 동안 낮에만 몇 시간 하는 아르바이트였다. 일이 늦어질 때도 있었지만 밤에는 집으로 돌아갈 수 있었다.

유미 씨는 오늘도 일을 하러 갔는데 생각보다 일이 빨리 끝나버렸다. 그래서 예정보다 한 시간 정도 일찍 집으로 돌아갔더니 유리가 자취를 감추어 버렸다. 2층에도 보이지 않고 옷장 위에도 없었다.

비록 남편이 남기고 떠난 낡은 집이지만 문단속에는 꽤나 신경을 쓰고 있었다. 하지만 그날따라 2층 창문이 열린 상태로 있었다.

"창문을 열어놓은 기억이 없는데……. 나이를 먹으면 이래서 곤란해……."

유미 씨는 우울해했다. 하지만 유미 씨가 창문을 열어놓고 닫는 것을 잊어버린 것은 아니었다.

유리라면 얼마든지 스스로 창문을 열 수 있다. 지금까지 유미 씨가 알아차리지 못했을 뿐 틀림없이 자유롭게 빠져나갔다 들어왔다 했을 것이다. 유리는 이 카페도 혼자서 찾아왔다.

"경찰에 신고해야 할까?"

유미 씨가 조심스럽게 말을 꺼냈다. 그리고는 안절부절못하며 일어났다 앉았다 반복했다. 진심으로 경찰에 신고해야 하나 고민하는 것 같았다.

"소용없다냥."

"저도 그렇게 생각합니다요옹."

포와 마게타가 고양이의 말로 이야기했다. 고양이 두 마리의 말은 유미 씨에게 전달되지 않았다. 어쨌든 안타깝게도 고양이들의 말이 맞는 것 같다.

고양이를 도둑맞은 것이 아니라 그냥 스스로 훌쩍 사라져버린 것이다. 아무리 요즘 경찰이 친절하다고 해도 행방불명된 고양이까지 찾아주지는 않는다. 그 정도쯤은 알고 있을 텐데 유미 씨는 몹시 동요하고 있었다.

"남편이 귀여워하던 고양이였어."

구루미를 향해 호소했다.

이 말을 들은 건 도대체 몇 번째일까. 하지만 유미 씨의 심정은 충분히 이해할 수 있었다. 삼십 년도 채 살지 않은 구루미조차 그 마음이 이해가 갔다. 유리는 세상을 떠난 남편의 추억이 담긴 소중한 존재다. 행복했던 무렵의 추억이 스며들어 있는 존재다. 추억이 없는 인생은 한없이 괴로울 것이다.

남편이 남기고 간 오래된 집에서 혼자 살아가는 유미 씨의 모습이 떠올랐다. 남편을 먼저 떠난 보낸 유미 씨는 이제 추억의 존재인 고양이까지 잃어버릴 위기에 처했다.

"제가 찾아볼게요."

정신을 차리고 보니 어느새 구루미가 그렇게 말해버리고 말았

다. 다른 사람을 도와줄 형편이 아니지만 그래도 못 본 체하고 그
냥 내버려 둘 수는 없었다.

유리가 돌아올지도 모르니까 일단 집으로 돌아가 있는 편이
좋겠다고 유미 씨에게 말했다.

그러자 유미 씨가 집으로 돌아갔다. 구루미는 고양이 두 마리
를 향해서 말했다.

"찾아보고 올 테니까 카페 잘 부탁해."

단호한 태도로 말했지만 고양이들한테는 전혀 통하지 않았다.

"싫다냥."

"거절하겠습니다요옹."

말하자마자 바로 거부당했다. 포는 물론 마게타까지 고개를
세차게 가로저었다. 이 고양이들은 도무지 구루미가 하는 말을
들어주려고 하지 않는다.

"카페를 잘 지키는 정도는 할 수 있잖아!!"

"구루미가 찾으러 가봤자 소용없다냥. 시간 낭비야옹."

용수철처럼 재빠르게 포가 대꾸했다.

구루미는 소리를 지르려고 했지만 포가 선수를 쳤다.

"자신의 생각대로 안 된다고 소리를 지르면 나쁜 사람이야옹."

말 잘하는 고양이다. 구루미보다 몇 배는 더 번지르르하게 말을 잘한다.

"특히 구루미는 나쁜 사람이야옹."

게다가 악담도 잊지 않는다.

풉. 잘난 체하기는.

"너 도대체 뭐냐?"

"고양이다냥. 사람보다 현명하고 위대하다냥."

포가 어김없이 잘난 체를 했다. '나 님 캐릭터'보다 강렬한 '고양이 님 캐릭터'다.

"적어도 구루미보다는 현명하다냥. 너무 당연해서 뭐 자랑할 것도 없지만 말이야옹."

이, 이 녀석은. 구루미가 살기를 담아 포를 노려보고 있으니까 마게타가 또 끼어들었다.

"싸우고 있을 상황이 아닙니다요옹. 구루미 님 혼자서 고양이를 찾는 것은 무리입니다요옹."

마게타가 둘의 싸움을 말렸다. 사실 싸우는 게 아니라 구루미가 일방적으로 포에게 무시를 당하고 있지만 말이다. 확실히 포랑 이러쿵저러쿵 떠들고 있을 때가 아니었다.

"어떻게 유리를 찾을 생각이냥."

포가 물었다.

"그……그건…….."

솔직히 방법을 생각해보지는 않았다. 무작정 뛰쳐나가려고만 했다.

"그저 행동만 하면 되는 게 아니잖냥. 누군가를 돕고 싶다면 곰곰이 생각한 다음에 행동하라냥."

검은 고양이에게 구루미는 또 설교를 들었다. 하지만 반론할 수 없는 전적으로 옳은 의견이었다.

"아무런 생각도 없이 행동하는 건 자기 만족이야옹. 대체로 구루미는냥……."

포가 잔소리를 계속 늘어놓으니까 착한 삼색 고양이 마게타는 검은 고양이 포를 달랬다.

"자자냥, 이제 됐습니다요옹. 구루미 님한테 악의는 없었습니다요옹."

여러 번 말하지만 마게타가 구루미와 함께 있어줘서 다행이다. 입바른 소리만 하는 포밖에 없었다면 숨이 턱 하고 막혀버렸을 것이다. 인생에 다정함은 꼭 필요하다.

"지금부터 다들 유리 님을 찾으러 가요옹."

마게타가 포를 바라보며 말했다. 마게타가 카페를 지키는 것을 거절한 이유는 다 함께 유리를 찾으러 갈 생각이었기 때문인 듯하다. 진작 그렇게 말해줬으면 좋았을 텐데.

"유리를 찾으러 가기에 좋은 상황은 아니다냥."

"응?"

"바깥을 봐라냥."

포에게 들은 대로 창밖으로 눈길을 주었더니 날이 저물고 있었다. 밤이 찾아오고 하루가 끝나려고 하고 있었다.

"카페 문을 닫아도 되는 시간이군."

"카페 문을 닫읍시다요."

카페 문을 닫는 시간을 정해준 것은 아니지만 확실히 그래도 되는 시간이다.

"그래."

구루미는 고개를 끄덕이다가 문득 깨달았다. 어느새 고양이 두 마리의 말투가 달라졌다. 말끝에 냥, 옹을 붙이던 것이 싹 사라졌다.

이……이것은 혹시.

창밖으로 두었던 눈길을 카페 안으로 옮겼다. 포와 마게타가 어느새 사람의 모습으로 둔갑했다. 왕자님 얼굴을 한 미남과 마음의 위안이 되는 귀여운 미소년이 구루미 바로 곁에 서 있었다.

구루미가 양손에 꽃을 든 상태나 마찬가지다. 하지만 그 꽃에는 문제가 있었다.

"그렇게 결정했으니까 어서 갑시다요."

"꾸물거리지 마. 구루미."

포와 마게타는 빨랑빨랑 바깥으로 나가려고 했다.

"잠깐 기다려!!"

구루미가 가로 막아섰다.

"뭐야? 뭐가 또 불만인데?"

"카페 문을 닫고 싶지 않습니까요?"

미남과 미소년 둘이서 수상쩍다는 표정으로 구루미를 바라보았다. 카페 문을 닫는 것은 반대하지 않는다. 하지만 두 사람을 막아야 할 이유가 있었다.

"찾으러 가는 것은 좋은데. ……옷을 입고 나서 가야지."

고양이에서 사람으로 막 둔갑했기 때문에 포도 마게타도 옷을 걸치고 있지 않았다.

둘이서 알몸으로 바깥으로 나가는 것은 막고 싶었다. 구루미는 고양이들에게 간곡하게 부탁했다.

9

고양이들은 우수한 수사관들이다.

예민한 후각으로 길에 남아 있는 유리의 냄새를 킁킁거리며 찾아냈다.

"이쪽입니다요."

"제 발로 걸어간 건가?"

"발자국도 남아 있습니다요."

밤눈이 밝아서 그런지 매화 꽃잎처럼 작은 유리의 발자국을 발견해냈다. 경찰묘가 없는 것이 이상할 정도로 둘의 행동은 신선하고 유능했다. 일본의 경찰은 앞으로 고양이를 고용해야 할지도 모른다. 사람의 말을 잘 듣느냐 마느냐 하는 문제는 있지만 말이다.

아무튼 찾아야 하는 상대가 고양이니까 평범한 방법으로는 찾을 수 없다.

"저 집에 있을 것 같은데."

포의 말을 듣고 가까이 다가갔다.

"그냥 지나가기만 한 것 같습니다요."

헛수고의 연속이었다.

더구나 사람으로 둔갑한 고양이 두 마리는 유리의 냄새를 따라 남의 집 정원으로 함부로 들어가려고 했다.

"마음대로 들어가면 안 돼. 야단맞아."

상황에 따라서는 집주인이 신고를 할 수도 있다.

"괜찮습니다요. 이 집 주인은 고양이를 좋아합니다요."

"고양이한테 밥을 주는 집이군."

길고양이에게 밥을 주는 것은 반드시 칭찬받을 만한 행동은 아니다. 하지만 지금 문제는 그것이 아니다.

"지금은 고양이가 아니니까."

그런데 불법 주택 침입을 피하는 사이에 유리의 냄새를 놓친 모양이다. 포와 마게타는 발길을 딱 멈췄다.

하지만 고양이 수사관은 마냥 멈춰 서 있지는 않는다. 예민한 후각 외에도 무기가 있었다. 고양이들끼리의 입소문이다.

"혹시 유리가 지나가는 거 못 봤습니까요?"

마게타가 담장 위에서 웅크리고 앉아 있는 고양이에게 말을 걸었다.

덩치가 커다란 진한 갈색 줄무늬 고양이다. 애꾸눈으로 오른쪽 눈에 칼에 베인 것 같은 흉터가 남아 있었다. 지금까지 여러 번 본 적이 있었다. 말하자면 얼굴만 아는 고양이인데 대화를 나

눈 적이 없어서 이름조차 모른다.

"마사무네입니다요. 가와고에의 두목 고양이입니다요."

마게타가 줄무늬 고양이 마사무네를 소개해주었다. 이미지와 잘 어울리는 거칠어 보이는 이름이다. 보스와 두목의 차이점은 잘 모르겠지만 아무튼 관록이 엿보이는 고양이다. 일본의 전국시대 유력자였던 다이묘 다테 마사무네를 연상시키는 풍모를 자랑하는 고양이다.

거칠어 보이는 고양이가 이쪽을 바라보았다.

"저 사람이 구루미냥?"

웬일인지 마사무네가 구루미의 이름을 알고 있었다. 더구나 존칭도 붙이지 않았다. 아무래도 구루미는 고양이에게 존중을 못 받는 캐릭터로 굳혀진 듯하다.

"둘리틀 구루미가 바로 이 녀석이야."

포가 구루미를 대충 소개했다. 그 별명은 굳어지지 않으면 좋겠다. 동물의 상담을 해주는 것처럼 오해받으면 둘리틀 박사의 팬에게 진짜로 혼날지도 모르기 때문이다.

"포의 새로운 집사냥? 소문은 들었다옹."

어떤 소문이냐고 묻고 싶었지만 용기가 없었다. 그런데 포가 마사무네 대신 알려주었다.

"아냐. 주인은 나야. 구루미를 고용하고 있어."

뭔가 잘못되었다는 기분이 들지만 어디가 잘못되었는지 지적하지는 못했다. 포가 카페 점장인 것은 사실이기 때문이다. 옛날 식으로 말하면 포와 구루미는 주인과 종이다.

한때 이름 있는 출판사에서 일했지만 어느새 고양이에게 고용되었고 고양이들 사이에서 무시해도 된다고 소문이 난 모양이다. 한 치 앞을 모른다는 말이 있다. 인생은 놀라움으로 가득하다. 지금까지 살아온 세상이, 이 세상의 전부는 아니었다.

일단 앞으로 나아가자. 세상에 있는 모든 고양이와 대화할 수 있는 것은 아니지만 마사무네와는 소통이 가능하다. 아무튼 인생에 대해 생각하기 전에 유리가 있는 곳을 찾아야만 한다.

"유리를 찾고 있어. 어디 있는지 몰라?"

"알고 있다냥."

마사무네가 시원스럽게 고개를 끄덕거렸다. 두목 고양이라서 자기 구역 안의 고양이의 동향을 정확히 파악하고 있는 것 같다. 믿음직스러운 고양이였다.

"어디 있어?"

"안내해 주겠다옹."

진한 갈색 줄무늬 고양이가 담 위를 걸어가기 시작했다.

뒤를 쭉 따라가면 틀림없이 유리를 찾을 수 있을 것이다. 이번 사건은 해결될 거라는 것을 알고 있지만 세상에는 불가능한 것도 있다.

"뭐 하고 있어. 꾸물거리지 말고 빨리 올라와."

"마사무네가 가버립니다요."

포와 마게타가 담장 위로 폴짝 뛰어 올라가서 구루미를 재촉했다. 2미터는 족히 되어 보이는 블록으로 된 담장 위에서 미남자와 미소년 둘이서 구루미를 내려다보고 있었다.

"그건 무리라고."

서른 가까이 되는 기품 있는 여자가 담장 위를 어떻게 걸어갈 수 있을까.

더구나 오늘따라 구루미치고는 짧은 편인 무릎 길이의 치마를 입고 있었다. 여러 가지 의미에서 볼 때 구루미가 담장 위를 걸어가는 것은 위험하다.

담장을 따라 쭉 이어지는 길을 걸어서 쫓아가려고 했지만 그것도 불가능했다.

"이쪽이다냥."

마사무네가 공중을 날아서 누군가의 집 지붕으로 훌쩍 뛰어 올라갔기 때문이다.

포와 마게타도 그 뒤를 따라 지붕으로 뛰어 올라갔다. 둘은 둥실둥실 비상했다. 사람의 모습을 하고 있어도 고양이였을 때처럼 몸이 굉장히 가벼워 보였다. 낡은 함석 지붕 위로 올라가도 시끄러운 소리 하나 들리지 않았다. 지붕 위에 올라간 것을 누군가 발견한다면 틀림없이 신고할 텐데 다행히도 완전히 어둠 속에 녹아들어 있었다.

"굉장하다……."

엉겁결에 넋을 놓고 바라보고 있자 검은 고양이 왕자와 삼색 고양이 미소년이 손짓을 했다.

"뭐하고 있어? 빨리 와."

"유리는 가까이에 있습니다요."

"무리, 무리, 무리, 무리……완전히 무리야."

그렇게 말해도 이해해주지 않았다.

"올라오지 않을 거냐. 진짜 둔하네."

"운동 부족입니까요?"

"그런 문제가 아니라……."

"그럼 너무 뚱뚱해서?"

"실례야! 표……표준체중이라고!! ……아마도."

부정했지만 고양이들은 구루미의 말을 귀담아 듣지 않았다.

"여자에게 나이와 체중을 묻는 것은 매너 위반입니다요."

마게타가 포에게 주의를 주었다.

"정말 귀찮은 존재군."

"여자의 마음은 이해하기 어렵습니다요."

둘은 구루미의 체중이 많이 나가는 방향으로 제멋대로 결론을 내버렸다.

"잠깐 기다려! 내 체중은 표준……."

"체중 이야기는 매너 위반이지. 미안하군."

이런 순간에만 웬일인지 포는 순순히 사과했다. 내 이야기를 제대로 들어. 제발 내 이야기를 들어줘.

"그러니까……."

"알았어. 이제 됐어. 체중이 많이 나가면 어쩔 수 없지. 지붕이 무너지면 큰일이니까. 거기서 기다려."

"유리를 데려오겠습니다요."

만화 영화에 나오는 괴도 루팡처럼 미남과 미소년 둘은 지붕 위를 날아서 이리저리 옮겨 다니다가 어둠 속으로 휘익 사라져 버렸다.

그리고 구루미는 혼자가 되었다.

10

어두운 밤길에 혼자 남겨지는 것은 썩 기분 좋은 일은 아니다.

구루미를 내버려 두고 간 곳은 번화가와 가깝지만 사람의 발길이 뜸한 고즈넉한 장소였다. 주위에 가게도 없고 민가도 아주 조용했다. 사는 사람이 없는 빈집도 많이 있었다. 머리빗의 살이 빠진 것처럼 집 몇 채는 무너진 상태로 있었고 띄엄띄엄 빈터도 보였다.

가와고에는 절대로 치안이 좋은 동네가 아니다. 특히 도부 도조선과 JR 가와고에선이 지나는 가와고에 역에서 천이백 미터 떨어진 곳에 있는 크레아몰은 사이타마에서 유명한 번화가다.

낮에는 관광객이 많이 있지만 해가 지면 분위기가 싹 달라진다. 젊은이들이 자주 찾는 술집이나 노래방, 파친코가 쭉 늘어서 있는 지역이기 때문이다.

십 대와 이십 대 불량 청소년 무리도 꽤 있었고 날라리들이 모이는 거리라는 말도 나돌았다. 미성년자들이 저지른 위험한 사건도 많이 있었다.

출판사에 다녔을 때 매일같이 늦게 퇴근했는데 인적이 없는 골목을 피해 큰길 쪽으로 해서 집으로 돌아갔다. 택시를 타고 집에 갈 때도 있었다.

그런데 오늘 그동안 조심스럽게 행동했던 것이 옳았다고 생각되는 사건이 벌어졌다.

포와 마게타가 사라져버린 뒤 십여 분이 지났을 때의 일이다. 길 앞쪽에서 남자의 목소리가 들렸다. 누군가 "아악!" 하고 소리를 꽥 질렀다. 분명히 비명소리였다.

무슨 일이 일어났나 생각할 틈도 없이 불량 청소년들이 순식간에 모습을 드러냈다. 머리가 벗겨진 중년 남자를 불량 청소년들이 괴롭히고 있었다. 그러더니 인적이 없는 곳으로 끌고 가려고 했다. 한창 불량 청소년들이 아저씨를 괴롭히고 있는 중인 듯했다.

피해자는 불쌍하지만 이런 사건이 그렇게 드문 이야기는 아니다. 실제로 현장에서 목격한 것은 처음이지만 텔레비전이나 인터넷에서는 종종 보는 이야기였다. 일본 전역에서 비슷한 사건이 일어나고 있었다.

그런데 가만 보니 어쩐지 낯이 익은 중년 남자였다. 구루미가 알고 있는 대머리였다. 공인중개사 사무실의 무례한 남자 직원이었다. 대머리는 불량 청소년에게 괴롭힘을 당하면서 눈물인지 콧물인지 알 수 없는 액체를 줄줄 흘리고 있었다.

도와줄 의무는 없지만 경찰에 신고 정도는 해줘야겠다고 생각했다. 스마트폰은 정지당한 상태라서 사람이 있는 곳까지 갈 필요가 있었다. 역 앞에 파출소도 있다. 편의점으로 달려가도 된다.

하지만 도움을 구하러 갈 수 없게 되었다. 대머리가 구루미를 알아봤기 때문이다. 구루미의 작전은 물거품이 되어버렸다.

"마시타 씨, 도와줘!!"

커다란 목소리로 구루미를 불러 세웠다. 불량 청소년들이 일제히 구루미를 바라보았다.

그냥 서 있기만 했을 뿐인데 구루미는 절체절명의 위기에 빠지게 되었다.

"누나, 이 사람 알아?"

불량 청소년 중에 하나가 다가와서 구루미에게 얼굴을 가까이 갖다 댔다. 사자 갈기 같은 헤어스타일을 하고 있고 코에는 해골 모양 피어싱을 달고 있었다.

"아는 사람이라……."

대답하려고 했지만 자신의 목소리라고 생각되지 않을 정도로 꽉 잠겨 있었다. 구루미는 긴장이 되어서 목소리가 제대로 나오지 않았다.

솔직하게 말하자면 구루미는 지금 이 상황이 너무 무서웠다. 깊은 밤에 사파리 공원에 던져 넣어진 기분이었다. 사자도 있지만 곰이랑 똑같은 체격의 소년도 있었다. 허기진 하이에나 같은 얼굴의 소년이 탐욕스러운 눈으로 구루미를 바라보고 있었다.

한 걸음 두 걸음 뒷걸음질 치며 도망치려고 하는 순간 갑자기 대머리가 소리를 빽 질렀다.

"돈은 있다고!! 그……그러니까 나를 풀어줘!! 저 여자가 있으니까 나는 됐지!?"

사상 최악의 대머리다. 구루미를 제물로 바치고 자신만 빠져나가려고 했다.

"경찰서에 달려갈 거지?"

사자 머리가 묻자 대머리가 고개를 세차게 가로저었다.

"절대로 경찰서에 안 달려갈게."

단호하게 말했다. 당장이라도 가슴에 손을 얹고 맹세라도 할 기세다. 구루미가 아니라도 누가 봐도 대머리가 진심으로 이야기한다는 걸 알 수 있을 것이다.

"약속한다. 저 여자는 잊어버릴 테니까. 나는 풀어줘."

강한 어조로 말한 뒤 대머리는 주머니에서 지갑을 꺼냈다.

"흠. 그래. 아저씨한테는 흥미 없어."

사자 머리가 대머리의 지갑을 뺏어서 돈을 모조리 꺼냈다. 아저씨에게 흥미가 없다는 말은 사실인 듯 돈 이외에는 건드리지 않고 지갑을 집어던지듯 돌려줬다.

"지갑은 돌려주지. 빨랑빨랑 꺼져."

만 엔짜리 지폐를 자기 주머니에 쑤셔 넣으면서 사자 머리가 턱을 치켜들었다.

"아……고마워."

고개를 깊숙이 숙이고 나서 대머리는 쏜살같이 사라져버렸다. 시원스러울 정도로 잽싸게 후다닥 도망쳤다.

구루미는 불량 청소년 무리 곁에 남겨둔 채 말이다.

절체절명의 위기 속에서 구루미는 사자 머리의 염색 색깔이 자꾸만 신경이 쓰였다.

금발이라기보다 노란 머리, 더구나 가발이 아니라 자기 머리로 보였기 때문이다. 얼굴 생김새도 사자랑 꼭 닮아 있었다. 사자는 고양잇과에 속한 동물이다. 그리고 고양이는 사람으로 둔갑한다.

"혹시……."

사자 머리의 팔에 살짝 손을 대보았다. 그리고 찰싹찰싹 피부를 손바닥으로 쳐보았다.

"……."

그러나 아무 일도 일어나지 않았다. 불량 청소년은 고양이가 아니라 그냥 불량 청소년이었다. 귀여운 고양이로 변하지 않았다.

그러자 사자 머리가 히죽 웃었다.

"나랑 놀고 싶은가 보군. 좋은 곳으로 데려가주지."

사자 머리가 구루미의 손목을 붙잡았다. 사자 머리는 능글맞고 비열한 웃음을 짓고 있었다. 무슨 생각을 하는지는 굳이 묻지 않아도 저절로 알 수 있을 정도였다.

"아…아냐!!"

"뭐가 아냐? 내 팔을 만졌잖아."

"그러니까 언제나 이렇게 만지면……."

구루미는 말을 하려다 꿀꺽 삼켜버렸다. 차마 고양이가 사람으로 둔갑할 줄 안다고 설명할 수는 없었다.

"언제나? 언제나 이런 식으로 남자를 찾아다니나."

"아니……."

완전히 착각하고 있다. 이게 다 대머리와 고양이들 탓이다.

"알았으니까 빨랑빨랑 가자."

옆에서 하이에나 같은 표정의 소년이 재촉했다. 구루미를 바

러시안 블루와 블랙커피　　　　277

라보면서 침을 질질 흘리고 있었다.

소름이 쫙 끼치면서 구루미의 얼굴이 하얗게 질렸다.

"놔줘!!"

"안 들릴걸."

사자 머리가 구루미의 팔을 잡아당기고 걷기 시작했다. 뿌리치려고 해도 사자 머리는 힘이 너무 셌다. 구루미는 사자 머리에게 질질 끌려갔다.

이렇게 구루미는 뒷골목에서 차도 쪽으로 끌려갔다. 그리고 검은 왜건 한 대가 도로 끝에 멈춰 서 있었다. 불량 청소년들의 자동차였다.

"타라."

사자 머리가 왜건의 문을 열고 구루미의 등을 거세게 떠밀었다.

"살……살려줘……."

구루미의 비명은 어둠 속으로 사라져버렸다.

구루미는 검은 왜건 안으로 억지로 밀어 넣어졌다. 그리고 왜건의 문이 탁 닫혔다. 이제 구루미는 도망칠 수 없게 되었다.

이대로 어딘가로 끌려가고 말 것이다. 앞으로의 일은 상상하는 것조차 끔찍하다. 비참한 미래밖에 보이지 않았다.

그런 미래는 필요 없다. 미래는 현재의 연장으로 지금을 포기하면 거기서 끝이다.

포기하지 않는다.

절대로 포기하지 않는다.

스스로 마음을 다잡고 구루미는 죽을힘을 다해 외치기로 했다.

"누가 좀……!"

하지만 도움을 요청할 수 없었다.

"닥쳐."

차가운 목소리가 날아와서 옆구리에 꽂혔다.

"허……허억!!"

그대로 심장이 멈춰버릴 것 같았다. 왜건 안에 남자가 있었다. 어두컴컴해서 표정까지 보이지는 않았지만 그 남자는 벌거벗고 있었다.

더구나 두 사람이나 있다! 알몸인 남자가 두 사람이나 있다!!

도망치고 싶지만 좁은 차 안에서 도망칠 곳은 없다.

알몸인 남자 두 사람이 움직이는 기색이 있다.

이제 틀렸다. 더럽혀질 것이다. 숙녀로 남을 수 없다. 이런 생각을 하는 순간 알몸인 남자가 왜건 문을 탁 열었다.

어? 어어?

구루미를 만지려고도 하지 않고 그냥 왜건에서 내리려고 했다. 위기를 넘기는 걸까!?

그 의문은 쉽게 풀렸다. 알몸인 남자들이 말했다.

"구루미는 여기 있어."

"저희한테 맡겨주십시오요."

이 목소리는.

얼굴을 확인할 틈도 주지 않고 남자 한 사람이 뭔가를 가리키며 명령했다.

"간식이라도 먹어."

멸치다. 머리 쪽을 자르고 물에 불린 멸치다. 멸치는 고양이의 간식이다.

달빛이 두 사람을 비췄다. 구루미가 익히 알고 있는 얼굴이었다.

"멸치 간식은 하루에 하나씩만 먹어야 합니다요."

"너무 많이 먹지 마."

사람의 모습으로 둔갑한 검은 고양이 왕자와 삼색 고양이 미소년이었다. 어이없어하는 구루미에게 멸치를 들이밀고 미남과 미소년 둘은 왜건에서 내렸다. 알몸인 상태로.

포와 마게타가 알몸인 이유는 자연스럽게 상상이 되었다.

검은 왜건의 유리창은 고양이가 간신히 드나들 정도만큼만 살짝 열려 있었다. 운전석을 엿보니 스킨헤드의 젊은이가 축 쳐져서 뻗어 있었다. 포와 마게타의 소행이다. 왜건에 끌려들어갈 위기에 처한 구루미를 보고 고양이가 되어 왜건으로 뛰어 들어와 선수를 친 모양이다. 그리고 다시 사람으로 둔갑했다. 그래서 지금은 옷을 입고 있지 않은 것이다.

고양이 두 마리에 대해 잘 알고 있기 때문에 이런 설명도 할 수 있는 것이다. 구루미는 마침내 침착함을 되찾았다.

하지만 사자 머리 일당은 포와 마게타를 알지 못한다.

"뭐, 뭐, 뭐냐! 니……니들 뭐냣!?"

사자 머리가 눈이 휘둥그레져서 비명을 빽 질렀다. 기겁할 정도로 놀란 모양이다

"그냥 뭐."

왜건 안에서 구루미가 혼잣말을 했다.

갑자기 자기들 자동차 앞에 생판 모르는 미남 둘이 그것도 알몸으로 서 있다면 누구든 놀라지 않을 수 없을 것이다.

포와 마게타는 태연하게 서 있었다.

"보시다시피 그냥 지나가는 길에 정의의 편을 든 것뿐입니다

요."

"왜건으로 여자를 납치하려는 위험한 무리군."

마게타와 포는 결정적인 말이라고 생각하고 시원스럽게 내뱉었지만 안타깝게도 사자 머리에게 씨알도 먹히지 않았다.

"위험한 건 니들인데!? 딱 봐도 변태 같은 녀석들이 웃기고 있네!"

사자 머리가 버럭 소리를 질렀다. 정곡을 지르는 지적이었다. 미남으로 둔갑한 고양이 두 마리는 아무것도 가리지 않고 서 있었기 때문이다.

"변태가 뭔지 모르겠지만 아무튼 우리는 정의의 편이다. '위험한 정의의 편'이라고 불러도 좋아."

"저희는 위험합니다요."

아주 당당하게 인정했다. 알몸으로 있으면서 오히려 당당하게 구니까 더욱 변태처럼 보였다.

구루미는 아무것도 안 본 셈치고 그 자리에서 그대로 도망치고 싶었다. 이런 녀석들과 관련되어 있다는 걸 아무한테도 알리고 싶지 않다.

불량 청소년들도 사실은 도망치고 싶을지도 모른다. 하지만 구루미를 납치하려던 것이 발각되고 말았다. 도망치는 것은 수

치라는 양아치 같은 판단으로 물러서지 않는 것 같다.

"변태 녀석들 죽여 버린다!!"

불량 청소년들이 포와 마게타를 둘러쌌다.

불량 청소년들은 여섯 명이고 한 명도 빠짐없이 다 칼을 들고 있었다. 불법 무기류 소지 혐의로 걸려들 것 같은 날카로운 칼이다.

그에 비해 포와 마게타는 아무것도 갖고 있지 않았다. 말 그대로 달랑 몸뚱이밖에 없다. 그런 주제에 여유를 부리고 있었다.

"아무나 덤벼보라고. 다 상대해주지."

"놀아드리겠습니다요."

포와 마게타는 벌거벗은 몸으로 불량 청소년들에게 도발하는 말을 했다. 몰랐다면 노출증이 있는 변태라고만 생각하겠지만 잘생긴 얼굴 생김새와 탄력 있는 몸매 덕분에 그림처럼 아름답게 보였다. 심지어는 구루미의 눈에는 포와 마게타가 점점 정의의 편처럼 보이기 시작했다.

"까불고 있어. 해치워버릴 테다!!"

불량 청소년들이 핏대를 세우고 포와 마게타에게 덤벼들었다. 칼을 마구 휘둘러서 포와 마게타를 찌르려고 했다. 싸움에 익숙한지 군더더기 없는 움직임이었다.

그런데 포와 마게타의 움직임은 훨씬 더 훌륭했다. 공중제비에 옆구르기, 때로는 담을 타고 올라가서 불량 청소년들의 공격을 요리조리 피했다.

불량 청소년들의 주먹과 칼은 포와 마게타를 스쳐 지나가지도 못했다. 옛날 서부 영화와 할리우드 액션 영화 정도의 실력 차이가 났다. 포와 마게타의 움직임은 너무 엄청나서 때때로 시간과 공간이 왜곡되어 보일 정도였다. 포와 마게타는 영화 매트릭스의 액션을 재연하고 있는 걸까.

"촐랑대면서 약 올리지 말라고!"

사자 머리가 또 버럭 화를 냈다. 촐랑대면서 약 올리는 수준은 아니라고 생각하지만 무슨 말을 하고 싶은 건지는 알겠다.

"촐랑대면서 약 올리는 것도 우리 일 가운데 하나입니다요."

"그런 측면도 있지!"

마게타랑 포가 맞받아쳤다.

"니들 일이 도대체 뭔데!?"

사자 머리의 목소리는 거의 비명에 가까웠다. 차라리 불량 청소년들이 불쌍하게 여겨질 정도였다.

위험해 보이지 않아서 다행인 포와 마게타는 불량 청소년들을 직접 공격하지는 않았다. 오로지 그들의 공격을 피해 다니기만 했다. 그저 방어만 했던 것이다.

"왜 안 싸워?"

엉겁결에 중얼거린 소리를 마게타가 알아들은 모양이다.

"저희는 살생하지 않겠다는 맹세를 했습니다요."

마치 명랑 만화의 주인공이 할 법한 소리를 했다. 뭐지, 이 설정은? 아무도 죽이라는 말은 하지 않았다.

"죽이지 않아도 좋으니까 좀 혼내주라고!!"

"무리야."

"무리입니다요."

포와 마게타가 입을 모아 말했다. 하지만 무리라는 말은 이해가 가지 않았다. 구루미와 이야기를 나누면서도 불량 청소년들의 공격을 막아내고 있었기 때문이다.

불량 청소년들이 등 뒤에서 쇠파이프로 내리친 순간 고양이들은 빙그르르 앞구르기를 해서 피했다. 약 올리고 있다고밖에 생각되지 않을 만큼 여유로움이 있었다. 불량 청소년들을 흠씬 두들겨 패서 쓰러뜨리는 것쯤은 간단히 할 수 있을 것 같았다.

"무리라고? 어째서!?"

"닿아서는 안 돼."

"뭐!?"

"닿으면 큰일 납니다요."

그렇다. 여러 가지 일이 한꺼번에 벌어져서 완전히 잊어버리고 있었다. 사람의 피부에 닿으면 포와 마게타는 고양이로 돌아가 버린다.

"왜 그랬어……."

구루미는 조그맣게 중얼거렸다. 사람의 피부와 닿으면 안 되는데도 구루미를 도와주러 온 건가? 적을 공격할 수도 없는 정의의 편이라니 여태까지 한 번도 들어본 적이 없다.

……응?

뭔가 머릿속에 떠올랐다. 이해할 수 없는 사건이 벌어진 듯한 느낌이 드는데 뭔지 잘 모르겠다. 그리고 그 정체를 확인할 틈조차 없었다.

"젠장!!"

사자 머리가 내뱉듯 고함치는 소리가 들렸다. 기분 나쁜 예감에 휩싸여 그쪽을 바라보니 머리카락을 노란색으로 물들인 불량 청소년이 검은 왜건으로 돌진해왔다. 포와 마게타를 공격하는 것을 포기하고 구루미를 재물로 삼을 작정인 듯했다.

도움을 요청하려고 했지만 포와 마게타는 가까이에 없었다. 아까까지 함께 이야기하고 있었는데 어느새 구루미 곁에서 멀리

떨어져 있었다. 담장 위에서 영화 매트릭스 놀이를 하고 있었다.

"기다렸냐. 귀여워해 줄게."

사자 머리가 왜건 문을 열어젖히고 구루미에게 말했다.

하나도 기다리지 않았고 귀여워해 주지 않아도 괜찮다.

구루미는 몸을 비틀어서 피했지만 그래봤자 자동차 안이다. 금방 잡히는 것은 불 보듯 뻔하다.

포와 마게타가 요리조리 공격을 피하는 모습을 구경하지 말고 구루미는 재빨리 왜건 밖으로 나가 도망쳤으면 좋았을 것 같다. 마음속 깊이 후회가 밀려들었다. 이제 와서 아무 소용도 없지만 말이다.

지금까지 벌어진 일들이 주마등처럼 뇌리를 스쳐지나갔다.

"아."

그 덕분에 머릿속에 떠오른 것이 있다. 아까 머릿속을 스쳐지나가던 의문의 정체를 비로소 알게 되었다.

포도 마게타도 사람의 피부와 닿지 않았는데 어째서 운전석에는 뻗어서 쓰러져 있는 남자가 존재하는 걸까?

그 답은 명백했다. 구루미 일행이 거리로 나선 것은 그를 찾기 위해서였다.

"귀여워해 주는 건 고양이만 하는 걸로."

냉정한 목소리와 함께 운전석 그림자 속에서 알몸인 백인 남자가 짠 하고 나타났다.

아니, 완벽한 알몸은 아니다. 달랑 왼손에 검은색 가죽 장갑을 끼고 있었다. 멋지게 등장하는 모습이라고 말하고 싶지만 알몸에 검은색 장갑은 변태 정도를 더욱 높아지게 만들 뿐이다.

"엇. ……넌 누구야!? 어디서 나타났어!?"

사자 머리가 울부짖었다. 느닷없이 나타난 근육질의 백인 남자를 보고 몹시 쓰디쓴 것을 씹은 표정을 지었다.

"유리다."

알몸인 외국 사람이 대답했다.

왜건에 나타난 건 갑자기 사라져버렸던 러시안 블루 고양이 유리다. 몸을 획 하고 돌려서 뒷좌석 쪽으로 옮겨왔다. 알몸인 채로 말이다.

그 모습을 보고 사자 머리가 인상을 찡그렸다. 숙녀라서 자세한 이야기는 하지 않겠지만 유리는 너무나도 거친 모습을 하고 있었다.

사자 머리가 자신의 중요 부위를 가리면서 자신감을 잃은 듯한 목소리로 유리에게 물었다.

"저 변태들이랑 친구냐?"

"저런 녀석들이랑 같은 취급하지 마."

"친구로 보이는데!"

"웃기고 있네. 잠꼬대는 자면서나 하시지!"

유리가 오른손을 사정없이 휙휙 날렸다. 끊임없이 이어지는 깔끔한 펀치였다. 사자 머리의 턱에 유리의 주먹이 날아가고 사자 머리는 왜건 바깥으로 튕겨져 날아갔다. 아스팔트에 등이 부딪히고 나서야 마침내 조용해졌다.

운전석의 스킨헤드를 쓰러뜨린 것도 틀림없이 거친 유리의 소행일 것이다. 장갑을 끼고 때렸기 때문에 사람의 피부에도 닿지 않았을 것이다.

아무튼 유리 덕분에 살았다.

뭐가 뭔지 잘 모르겠지만 어쨌든 구루미는 살았다.

왜건 바로 바깥쪽에 스마트폰이 하나 떨어져 있었다. 얻어맞은 충격으로 사자 머리가 떨어뜨린 스마트폰일 것이다. 이 스마트폰으로 도움을 요청하면 된다.

구루미는 바닥에 떨어져 있는 스마트폰을 주우려고 했지만 도무지 잡히지가 않았다.

"잠깐 기다려. 너한테 용무가 있다."

유리가 왜건 문을 닫았다.

"……용무라니?"

"얌전하게 있으면 금방 끝나."

벌거벗은 백인 남자가 왜건 문을 잠갔다.

화복규묵禍福糾纆, 행복과 불행은 마치 꼬아놓은 새끼줄처럼 번갈아 찾아온다.

이 세상 행복과 불행은 잘 꼬아놓은 새끼줄처럼 쉴 새 없이 번갈아 찾아오는 것 같다. 구루미의 행복은 한순간에 와장창 깨져버렸다.

검은색 가죽 장갑을 낀 벌거벗은 백인 남자가 구루미에게 가까이 다가오고 있다. 왜건 문이 잠겨서 바깥으로 도망칠 수도 없다.

유리창 바깥을 바라보니 포와 마게타는 구루미의 위기 상황을 전혀 눈치채지 못한 것 같았다. 불량 청소년들의 공격을 계속 휘익 휘익 피하고만 있었다. 마치 피하기 놀이에 한창 몰두하고 있는 장난꾸러기 고양이처럼 보였다. 실제로도 한없이 즐거워 보였다. 구루미를 구해주러 왔던 것이 아니었나?

소리를 크게 질러서 사람으로 둔갑한 고양이 두 마리를 부르려고 했지만 이번에도 유리가 선수를 쳤다.

"이봐, 여자."

유리의 얼굴이 구루미 바로 가까이에 다가왔다. 코와 코가 맞
닿을 정도로 가까운 거리였다. 정확한 표현은 피하겠지만 그 뭔
가도 바로 가까이에 있었다.

구루미가 침을 꿀꺽 삼켰을 때 유리는 진지한 표정으로 말했다.

"나를 고용해줘."

"뭐라고?"

구루미는 유리에게 되물었다.

11

유미 씨의 남편이 러시안 블루 고양이 유리를 분양받은 계기
는 자신의 몸이 아프다는 사실을 알게 된 일 때문이었다.

반려 동물 가게에서 유리를 데려오는 길에 유미 씨의 남편은
이렇게 중얼거렸다.

"지난주에 병원에서 들었는데 내가 병에 걸렸대. 오늘내일 당
장 죽는 병은 아니지만 1년도 채 못 살지도 모른다는데."

혼잣말을 중얼거리는 것이기도 하고 유리에게 말을 건네는 것

이기도 했다.

러시안 블루 고양이 유리는 새 집사의 이야기를 차분히 듣고 있었다. 새 집사인 유미 씨의 남편에게 고마움을 느끼고 있었다. 유리가 지냈던 반려 동물 가게에서는 어른 고양이보다 새끼 고양이가 훨씬 인기가 높았다. 이미 어른 고양이가 되어버린 유리는 팔리지 않아서 오랫동안 반려 동물 가게에 남아 있었다. 이대로 유리 상자 안에 갇혀 평생 살아가야 할지도 모른다고 유리는 체념하고 있었다.

유미 씨의 남편은 그런 유리를 바깥 세계로 데려가주었다. 유리에게 태양 빛을 가득 쏘이게 해주었다.

"죽는 것이 두렵구나. 유리."

목이 잔뜩 잠긴 목소리로 그렇게 말했다. 확실히 유미 씨의 남편은 유리에게 말을 건네고 있었다.

어디선가 참새가 지저귀고 또 까마귀가 울었다. 이러는 사이에도 마지막은 시시각각 다가온다. 유미 씨의 남편뿐만 아니라 유리도 새들도 언젠가는 모두 다 죽는다. 그것은 생명이 있는 것의 숙명이다.

"나는 괜찮아. 유미 덕분에 평온한 삶을 살았어. 좋은 인생이었어."

<u>스스로</u> 달래듯이 중얼거렸다.

유미 씨의 남편은 낡은 사고방식을 지닌 남자였다. 집안일은 모두 부인에게 맡겼다. 그런 까닭에 생활비가 얼마나 들지는 파악조차 하지 못하고 있었다. 고양이를 기르는 비용이 얼마나 드는지도 생각해본 적이 없을 것이다.

유미 씨는 혼자 남겨질 것이다. 오로지 유미 씨의 남편은 그 점만 걱정하고 있었다. 비싼 돈을 주고 유리를 사온 것도 유미 씨가 혼자 남겨지지 않게 하기 위해서였다.

"유미를 부탁할게. 유미는 외로움을 많이 타. 나 대신 꼭 함께 있어줘. 유미를 지켜줘."

유리는 고개를 조그맣게 끄덕거렸다. 남자 대 남자의 약속이었다. 유미를 지켜주겠다.

이때는 유리도 그렇게 생각하고 있었다.

12

왜건 바깥에서는 여전히 포와 마게타가 불량 청소년들을 농락하고 있었다. 불량 청소년들이 마구 휘두르는 칼을 피하면서 약

올리듯 도발하는 동작을 취하고 있었다. 불량 청소년들은 고양이 두 마리의 움직임을 미처 따라가지 못하고 거칠게 숨을 내쉬며 나가떨어지기 일보직전의 상태가 되었다. 저러다가는 불량 청소년들이 당장이라도 심장마비로 죽을 것처럼 보였다.

그곳에서 시선을 돌려 구루미는 유리에게 물었다.

"왜 유미 씨한테 냉정하게 대해?"

"냉정하게 대한 기억은 없는데."

"밥을 줘도 안 먹었잖아."

그러자 유리가 콧방귀를 뀌었다. 하지만 무시하는 기색이 아니라 어딘가 쓸쓸해 보이는 태도였다.

"나는 원래 고양이야. 유미를 지킬 수 없다고. 오히려 내가 있어서 유미의 생활이 괴로워졌지."

유미 씨에게 아무것도 해주지 못하고 상처만 준 것은 유미 씨의 남편만이 아니었던 것이다.

"밥을 안 먹으면 그만큼 절약이 되잖아?"

구루미의 눈길을 피하더니 어딘가 먼 곳을 바라보면서 유리가 중얼거렸다. 그 목소리는 작고 공허했다.

고양이를 기르려면 돈이 많이 든다. 사료 값과 간식비, 고양이 화장실 모래, 반려 동물 보험과 병원비 등이 든다. 한 달 동안 고양이를 기르는 데 드는 비용은 만 엔에서 이만 엔 정도라고 한다. 연금으로 생활하는 노인에게는 부담이 큰 금액이다.

"차근차근 상황을 이야기해줬으면 좋았을 텐데……."

"누구한테 이야기해? 유미한테?"

그렇다. 평범한 사람은 고양이의 말을 알아듣지 못한다.

사람으로 둔갑해서 마음을 전달하는 방법도 있지만 구루미 이외의 사람한테는 고양이가 둔갑할 수 있다는 사실을 비밀로 하고 싶은 모양이었다.

"내가 말해줄까?"

"말하면 어떻게 되는데?"

"어떻게 되나니……."

어떻게도 되지 않는다. 생활이 편해지는 것도 아니고 고양이한테 자꾸 신경 쓰다 보면 오히려 유미 씨 스스로가 비참하다는 생각을 하게 될 뿐이다.

아무튼 유리는 유미 씨를 싫어하는 것이 아니었다. 단지 유미 씨를 위해서 밥을 먹지 않았던 것이다. 돈을 아껴주기 위해서였다.

하지만 의문은 남아 있다.

"밥을 안 먹는데 어떻게 괜찮아? 고양이는 밥을 안 먹어도 괜찮은 거야?"

"요괴 고양이도 아니고 안 먹어도 괜찮을 리 없잖아. 밥은 잘
먹고 있어."

"그런데 유미 씨는 네가 밥을 안 먹는다고 하던데……."

"유미만 있는 게 아니니까. 밥을 갖다 바치는 여자는 많이 있
어."

유리가 불량배같이 말했다. 평범한 남자가 그렇게 말한다면
피식 웃어버리고 말겠지만 유리가 말하니까 설득력이 있었다.

여자를 이용하다니, 하고 노려보니까 유리가 서늘한 얼굴로
이야기했다.

"여자뿐만이 아냐. 남자도 밥을 갖다 바쳐. 나를 위해서 일부러
캣 푸드를 사다주는 집도 있을 정도야."

거기까지 들으니 유리가 밥을 먹지 않은 것이 비로소 이해가
갔다. 아까 포와 마게타도 밥을 주는 집이 있다고 말했다. 유리는
근처에서 고양이를 좋아하는 사람이 주는 밥을 얻어먹고 다녔던
것이다.

"그런데 오늘은 왜 집에 안 돌아간 거야? 혹시 가출?"

"가출 따위 안 해. 유미를 혼자 놔두지 않아. 좀 많이 먹어서 잠
이 깊이 들었을 뿐이라고."

유리가 어깨를 살짝 움츠렸다. 고양이다운 행동이었다.

"이제 바깥에서 밥을 먹는 건 그만둘 생각이야. 병원에 끌려가는 것도 귀찮고."

유미 씨에게 걱정을 끼치고 싶지 않다고 말하고 싶은가 보다. 보기와 달리 좋은 녀석이다. 그러고 보면 구루미가 넘어지려고 했을 때 유리가 도와준 적도 있다.

그렇게 좋은 녀석이 구루미에게 명령했다.

"그러니까 카페에서 일하게 해줘."

"어? 아까도 그런 말을 하더니 도대체 왜 그러는데?"

"내가 돈을 벌면 유미의 돈을 축내지 않아도 되잖아."

역시. 그런 거였구나.

이해가 가지만 카페 직원으로 고용해주겠다고 선뜻 대답할 수는 없었다. 무엇보다 가장 큰 이유는 손님이 오지 않아서 적자가 나는 카페이기 때문이다.

구루미는 뭐라고 해야 할지 몰라서 가만히 있었다. 그러자 귀가 솔깃한 말을 유리가 했다.

"나를 고용해주면 함께 잠을 자도 좋아. 나를 안게 해줄게."

여자를 홀리려는 남자가 하는 말이다.

그렇게 말하니 평상심을 유지할 수 없었다. 부드러운 러시안 블루 고양이를 폭 안고 잠이 들 수 있는 절호의 기회다.

"⋯⋯일단 간식이라도 먹고 있어."

구루미는 고양이 간식용 멸치를 유리에게 건네주었다.

처음과 끝과
마시멜로 커피

마시멜로 커피 *Marshimallow Coffee*

블랙커피에
마시멜로를 띄운 것이다.
설탕을 넣지 말고 마시멜로가
녹았을 때 마실 것을 추천한다.

불량 청소년과 휘말린 뒤 일주일이 지나고 나서 구루미는 카페에 있었다.

 어제와 오늘은 카페 문을 열지 않았다. 망한 것도 아니고 카페를 내팽개친 것도 아니다. 카페 리뉴얼을 위해 준비 중이다.

 내일부터 〈커피 구로키〉는 새롭게 태어난다. 카페 이름과 인테리어는 그대로지만 지금까지와는 완전히 다른 카페로 변신할 예정이다. 구로키 하나 씨의 허락도 확실히 받아놓았다. 며칠 전에 구루미는 긴자에 있는 레스토랑까지 찾아가서 하나 씨를 만나고 왔다.

 "고양이 카페라니 좋은 아이디어네."

그렇게 말하면서 하나 씨가 찬성해주었다.

유명 체인점도 아닌 카페를 번성시키기 위해서는 다른 카페와 차별화해야 한다. 그 카페에만 있는 특색이 필요하다. 평범해서는 카페는 번성하지 못한다. 모두 똑같아서는 살아남을 수 없다. 고양이 카페는 특색 있는 곳으로 그전까지의 카페와는 차원이 다른 카페다.

서양풍의 동화 같은 카페를 만들어서 때로는 잘생긴 고양이 세 마리와 즐겁게 뛰어놀기도 한다. 더구나 밤이 되면 고양이들은 미남으로 둔갑한다.

카페에 유리를 고용함으로써 건방진 미남 왕자, 마음에 위안이 되는 귀여운 미소년, 무뚝뚝하고 거친 미남과 함께 일하게 되었다. 숙녀의 마음을 살랑살랑 간지럽히는 순정 만화 세계 그 자체다. 미남에게 익숙해진 구루미조차 때때로 심장이 쿵 하고 내려앉을 때가 있을 정도다.

참고로 말하자면 유리를 카페에 고용했지만 급료는 주지 않고 있다. 그냥 밥만 먹여주기로 약속했다. 그러니까 고양이를 고용하는 데 드는 비용은 한 달에 만 엔도 채 되지 않는다. 아마도 기껏해야 몇천 엔 정도일 것이다.

그 정도의 경비는 충분히 뽑아낼 수 있을 것 같은 기분이 든다.

마게타의 집사와 유리에게 밥을 주던 고양이를 좋아하는 사람들이 손님으로 고양이 카페를 찾아와줄지도 모른다. 헛물켜는 건지도 모르겠지만 구루미는 내심 어느 정도 기대를 하고 있었다. 마게타 역시 긴장하고 있었다.

"오늘은 미팅 날입니다요옹."

내일 리뉴얼 오픈을 앞두고 유리를 포함해서 카페 직원들이 회의를 하기로 했다. 손님을 접대하는 방법과 몇 시까지 근무를 할지 등을 결정할 필요가 있었다. 검은 고양이가 지금 카페에 없는 이유는 바깥으로 나갔기 때문이다.

내일부터는 유미 씨가 유리를 바래다주기로 되어 있지만 오늘은 포가 직접 유리를 데리러 갔다. 굳이 데리러 가지 않아도 얼마든지 카페에 올 수 있지만 첫날이라서 카페 점장이 마중을 나간 것이다.

"틀림없이 번성할 것입니다요옹."

삼색 고양이가 확실히 보증을 한다고 말했다. 고양이 카페가 번성하지 않으면 곤란하다. 구루미는 일자리와 잠자리를 동시에 잃어버리게 되기 때문이다.

포와 마게타, 유리와 만나고 나서 구루미의 인생은 바뀌어가고 있다. 아니, 인생이 꼭 바뀌어야만 한다.

평소에 아무런 의미도 모른 채 세상 평판에 얽매여서 이렇게 하면 좋겠다, 저렇게 하면 좋겠다고 생각하며 살아가는 것은 이제 그만두기로 했다. 구루미는 새삼 그렇게 결심했다.

포와 유리가 카페에 오기 전에 청소라도 하려고 일어났을 때 마게타가 툭 하고 혼잣말을 했다.

"고양이 카페가 유명해지면 포 님의 집사도 틀림없이 기뻐할 것입니다요옹."

구루미가 발걸음을 멈췄다. 그냥 흘려듣고 넘겨버릴 수 없는 말이었다.

"포의 집사가 기뻐한다고? 무슨 소리야?"

구루미는 마게타를 추궁했다. 그러자 삼색 고양이가 다 기어 들어 가는 목소리로 대답했다.

"못 들으신 걸로 하면 안 되겠습니까요옹……."

"안 돼. 이미 들어버렸어."

어디론가 도망치려는 삼색 고양이를 얼른 잡아서 들어 올리고 눈을 똑바로 맞췄다. 그리고 같은 질문을 다시 한 번 했다.

"포의 집사가 기뻐한다는 말이 무슨 소리야? 너, 포의 집사를 알고 있어?"

마게타는 도무지 숨기지를 못한다. 포와 달리 거짓말을 하지 못하는 성격이다. 마게타는 메구미와 관련해서 구루미에게 고마움을 느끼고 있는 것 같았다.

"포 님의 집사도 말입니다요옹. 사정이 있어서 포 님과 어쩔 수 없이 따로 떨어지게 된 것입니다요옹."

"무슨 사정인데?"

포는 택배 상자 안에 들어 있었다. 도무지 버려진 것으로밖에 보이지 않는 모습이었다. 포의 성격이 너무 안 좋아서 버려진 것이라고 반쯤 진지하게 생각하고 있었다.

"사정은 그냥 사정입니다요옹. 함께 있고 싶어도 있을 수 없을 때가 있습니다요옹."

대답이 되지 않았지만 정직한 삼색 고양이는 더 이상의 설명을 거부했다.

"지나치게 많이 이야기했습니다요옹. 포 님에게 야단을 맞을 것입니다요옹."

반성하듯 마게타가 목을 움츠렸다. 그런데도 구루미가 아무 말도 하지 않고 계속 서 있자 몇 마디를 덧붙였다.

"포 님의 옛 집사도 포 님을 걱정하고 있습니다요옹. 포 님은 자신이 행복하다는 걸 전하고 싶어할 것입니다요옹."

포와 처음 만났을 때의 기억이 구루미의 머릿속에 되살아났다.

"나의 집사가 되어줘."

"고양이 목걸이를 원해."

굳이 '구로키 포'라는 팻말도 카페에 달아놓았다.

포의 캐릭터와 어울리지 않는 말과 행동이었다. 구루미를 놀리는 거라고 생각했지만 그렇지 않았다. 모든 것이 다 어쩔 수 없이 따로 떨어지게 된 집사에게 보내는 메시지였던 것이다.

마게타는 메구미의 행복을 바라고 유리는 유미 씨를 지켜주려고 했다. 고양이에게 집사는 소중한 존재다.

포는 따로 떨어지게 된 집사를 안심시키기 위해 구루미를 이용했다. 카페 점장을 맡은 것도 분명히 옛 집사를 위해서일 것이다. 구루미에게 구조된 것도 미리 계산해놓은 것인지도 모른다.

"그런 거였구나……."

구루미가 일어나서 앞치마를 벗었다. 이야기를 들은 이상 카페에서 가만히 있을 수는 없었다.

"구, 구루미 님 어디 가십니까요옹!?"

마게타가 다급하게 구루미를 부르는 소리가 들렸지만 아무런 대답도 하지 않고 카페를 뛰쳐나갔다.

◆

그리고 두 시간 뒤 카페.

삼색 고양이가 싹싹 빌고 있었다.

"죄송합니다요옹."

마게타 앞에는 검은 고양이와 러시안 블루 고양이가 있었다. 해가 저물어 가는데 구루미는 카페에 아직 돌아오지 않았다.

"제가 쓸데없는 소리를 했습니다요옹."

"입이 화근이구냥."

유리가 퉁명스럽게 말했다. 구루미가 카페에서 뛰쳐나가고 나서 바로 포와 함께 유리는 카페에 도착했다. 하지만 구루미가 사라져서 카페 오픈 미팅은 하지 못했다.

포는 아무 말도 하지 않고 벽을 바라보고 있었다. 마게타가 아무리 사과해도 모호하게 고개를 끄덕거리기만 하고 딱히 뭐라고 말을 하지 않았다. 포는 구루미와 처음 만난 날을 떠올리고 있었다.

포가 이 카페에 찾아올 때까지 이곳에는 점장 모집 벽보가 붙어 있었다. 고양이의 몸으로 카페 점장을 해보려고 생각한 것은 구루미와 만나고 나서였다. 세차게 내리는 빗속에서 구루미에게 구조된 것이 어제 일처럼 생생하게 떠오른다. 요란하게 구르고 진흙투성이가 되면서까지 구루미는 포를 택배 상자 안에서 들어 올려서 품에 꼭 안아줬다. 구루미에게 부드러운 여자 냄새가 났다.

이윽고 태양이 완전히 저물고 가와고에 거리에 어둠이 찾아왔다. 하지만 구루미는 아직 고양이 카페로 돌아오지 않았다. 정말로 너무 늦게 온다.

"구루미 님을 어서 찾으러 나가야 하는 거 아닙니까요옹."

마게타가 막 뛰쳐나가려고 했을 때다. 포와 유리의 귀가 동시에 쫑긋 움직였다. 러시안 블루 고양이가 혼잣말을 했다.

"갈 필요 없는 것 같다냥."

거짓말이 아니었다. 곧이어 스윙 도어에 붙어 있는 벨이 짤랑짤랑 소리를 냈다. 구루미가 카페로 들어왔다.

구루미는 골똘히 생각하고 있는 표정을 짓고 있었다. 아무 말도 하지 않은 채 고양이들 쪽으로 천천히 걸어왔다. 그러더니 포의 얼굴을 물끄러미 바라보았다.

작별 인사를 하러 온 걸까. 고양이를 버릴 때 이런 표정을 짓는 사람도 있다. 포의 눈에 옛 집사와 구루미의 모습이 겹쳐보였다.

포는 마음의 준비를 하고 있었다. 하지만 구루미의 입에서 튀어나온 것은 완전히 다른 말이었다.

"이거…….."

구루미가 종이봉투를 쓱 내밀었다. 번화가 이케부쿠로에 있는 대형 백화점의 봉투였다. 도시의 냄새가 물씬 풍기는 봉투였다.

"그게 뭐냥."

"사왔어."

구루미가 종이봉투에서 고양이 목걸이를 꺼냈다. 비싸 보이는 빨간색 가죽 고양이 목걸이가 들어 있었다. 변명하듯 구루미가 덧붙였다.

"지난번에 고양이 목걸이 사달라고 했잖아."

◆

구루미는 미간을 찡그렸다. 골똘히 생각하는 표정을 지은 것은 포에게 화를 내고 있었던 것이 아니다. 자신의 지갑 속 상태가 갑자기 머릿속에 떠올랐기 때문이다.

돈도 없는 주제에 포의 고양이 목걸이를 사고 말았다. 진짜 가죽으로 된, 구루미가 입고 있는 옷보다 비싼 목걸이였다. 현금으로 샀기 때문에 지갑 속의 돈은 거의 제로에 가까워졌다. 은행 계좌에 남아 있는 돈은 생각하고 싶지도 않다.

고양이 목걸이를 구입하지 않는 선택지도 있었고 좀 더 값싼 고양이 목걸이를 사는 선택지도 있었다. 예를 들면 100엔 샵에서도 고양이 목걸이를 팔고 있었다. 실제로 역 앞에 있는 100엔 샵에도 고양이 목걸이를 보러 갔다.

싸구려 고양이 목걸이는 마음에 들지 않았다. 100엔 샵 고양이 목걸이는 귀엽지만 멀리서 봐도 싸구려인 게 한눈에 보일 정도로 조악했다. 100엔이니까 당연한 것이지만 말이다.

그에 비해 구루미가 구입한 고양이 목걸이는 선명한 빨간색으로 한눈에 봐도 고급스러운 느낌이 든다. 왕자님 얼굴의 검은 고양이에게는 빨간색 고양이 목걸이가 잘 어울린다. 멀리서 봐도 고양이 목걸이를 하고 있는 것이 또렷하게 보일 것이다.

빨간색 고양이 목걸이를 하면 완전히 집고양이처럼 보일지도 모른다. 싸구려 고양이 목걸이가 아니라는 사실도 틀림없이 알 수 있을 것이다.

포의 집사가 어디 사는지 따위 구루미는 알지 못한다. 하지만 어디선가 지켜보고 있을 가능성은 분명히 있다. 포가 버려진 신가시가와 강은 이 카페에서 걸어서 충분히 갈 수 있는 거리에 있기 때문이다.

　포에게 이용당했다는 사실을 알고 구루미가 충격을 받지 않았다고 하면 거짓말일 것이다. 하지만 검은 고양이가 일부러 속였다는 생각은 들지 않았다.

　정리해고를 당해도 인생은 계속된다. 살아 있는 한 계속 도망칠 수만은 없다. 그렇다면 행복한 내일을 믿고 살아가야 한다고 생각했다.

　그러기 위해서는 먼저 자신을 믿는 것부터 시작하기로 했다. 고양이 카페와 동료들을 믿어보기로 했다.

　"그래서 이거. 포한테 줄게."

　빨간색 고양이 목걸이를 검은 고양이 앞에 내밀었다. 시간을 들여서 고르고 지갑 안에 들어 있는 돈을 고려해서 구입한 고양이 목걸이다.

　하지만 포는 꼼짝도 하지 않았다. 빨간색 고양이 목걸이를 받으려고 하지 않았다. 가만히 앉아 있었다.

　"왜 그래? 목걸이 안 해?"

　"구루미는 바보냥."

　자신을 위해서 무리했다, 라는 감사 표현을 기대했지만 그런 것은 없었다.

"고양이는 물건을 잡지 못한다냥."

그렇다. 지금 포는 고양이의 모습을 하고 있다. 고양이의 볼록한 발은 목걸이를 잡을 수 없다.

그 곁에서 마게타와 유리가 대화를 나누기 시작했다.

"포 님이 어쩐지 부끄러워하는 것 같습니다요옹."

"부끄러워한다고옹? 고양이가 목걸이를 하는 게 부끄러운 거냥."

"너무 기뻐서 부끄러워하는 것 같습니다요옹."

"기쁘면 순순히 받아라옹."

"포 님은 툰드라 지대에 있는 것 같습니다요옹."

"툰드라 지대? 포가 얼어 있는 거냥?"

"꽝꽝 얼어 있는 것 같습니다요옹."

"특이한 고양이냥."

고양이들의 성향이 각각 다르면서도 비슷하다는 점이 신기하다. 포는 아니지만 마게타뿐만 아니라 유리도 천진난만한 캐릭터였다. 구루미 혼자서는 당해낼 수가 없다. 누군가 도와줄 사람이 필요하다.

"아냐. 툰드라 지대가 아니라……."

그래도 과감하게 끼어들어 보려고 고양이 두 마리를 바라보는 순간 갑자기 사람의 목소리가 들려왔다.

"그 고양이 목걸이를 어서 걸어줘."

고개를 번쩍 들어보니 어느새 검은 고양이는 미남 왕자님으로 둔갑한 상태였다. 순정 만화에서 튀어나온 듯한 모습이었지만 시선을 내리면 청소년은 볼 수 없는 영상이 된다. 봐서는 안 되는 뭔가가 있었다.

"어, 어……어째서 벌거벗고 있어?"

어지러움을 느끼면서 구루미가 포에게 물었다. 포는 아무것도 입고 있지 않았다. 벌거벗고 구루미와 마주하고 있다. 똑바로 서서 눈썹 하나 까딱하지 않은 자세를 취하고 있다.

"벌거벗은 기억이 없어. 아침부터 줄곧 같은 모습이었는데."

포가 일부러 그런 것이 아니라는 식으로 대답했다.

"저도 벌거벗었습니다요옹."

"당연하다냥."

삼색 고양이와 러시안 블루 고양이가 주장했다. 당연하다고 하면 당연한 일이다. 대부분의 고양이는 옷을 입지 않는다. 고양이에게 반려 동물용 옷을 입히지 않는 한 벌거벗은 채로 생활한다.

그러니까 구루미는 알몸인 미남 셋과, 아니 정확히 말하면 사람으로 둔갑한 벌거벗은 포와 고양이 두 마리에게 둘러싸여 있다. 이게 뭐지, 하고 생각해서는 안 되는 것을 상상하자 구루미의 얼굴이 빨갛게 되었다. 그 순간 포가 진지한 표정으로 구루미에게 다가왔다.

그 모습을 보고 삼색 고양이와 러시안 블루 고양이가 다시 속삭였다.

"포 님이 구루미 님을 껴안으려고 하는 것 같습니다요옹."

"흠냥. 발정기인가냥."

터무니없는 소리였다.

안아준다고?

알몸으로?

더구나 발정기?

잠깐 기다려.

기다려, 기다려, 기다려. 기다리기 바란다.

갑작스러운 알몸에 발정기, 포옹은 진입장벽이 너무 높은 것 같다. 아직 마음의 준비가 되어 있지 않다. 아니, 마음의 준비가 아니다.

도망쳐야 할까? 그냥 그대로 포의 품에 안겨야 할까. 혼란스러워하는 구루미의 귀에 왕자님의 목소리가 와 닿았다.

"고양이 목걸이를 걸어줘."

진지한 표정으로 그렇게 말했다. 구루미를 껴안으려고 다가온 것이 아니었다.

어쩐지 골탕을 먹은 것 같은 기분이 들었지만 그렇다고 불만은 없었다. 하지만 문제가 있었다.

"만지면 안 되지 않아?"

사람의 피부와 닿으면 포는 다시 고양이로 돌아가 버린다.

"너라면 닿아도 괜찮아. 구루미가 목걸이를 걸어줬으면 좋겠어."

엄청난 발언을 포가 했다. 파괴력이 어마어마하다. 구루미의 머릿속이 새하얘졌다. 사고 정지 상태에서 시선을 아래쪽으로 향하지 않도록 신경 쓰면서 고개를 끄덕거렸다.

"어……알았어. 그럼……."

서로 마주보는 자세에서 피부가 닿지 않도록 조심하면서 구루미는 포에게 목걸이를 걸어주었다. 고양이 목걸이인데 사람으로 둔갑한 포의 목에도 잘 어울렸다. 크기도 딱 맞았다.

"잘 어울려?"

"어……어어……."

구루미는 간신히 그렇게 대답했다. 왕자님 얼굴의 미남이 빨간색 고양이 목걸이를 하고 구루미의 눈앞에 서 있었다. 더구나 알몸이다. 손을 뻗으면 바로 닿는 곳에 포의 뽀얀 피부가 있었다.

구루미는 낭만적인 행동을 한 것 같은, 해서는 안 되는 행동을 해버린 것 같은 미묘한 기분에 사로잡혔다.

"좋은 이야기입니다요옹."

"흠냥. ……뭐 그럭저럭냥."

마게타와 유리는 감동한 것 같았다.

그런가.

이것은 좋은 이야기였던가.

몰랐다.

세상에는 구루미가 알지 못하는 것이 잔뜩 있다. 고양이 세 마리를 보면서 구루미는 조그맣게 한숨을 내쉬었다. 그런데 기분이 나쁘지는 않았다.

구루미는 자기도 모르게 눈물이 찔끔 나올 것 같아 조금 당황스러웠다. 계속 원하던 것을 이제야 찾아낸 것 같은 기분이었다. 자신이 머물러야 할 곳과 동료들.

눈물이 날 것 같은 마음을 감추려고 구루미는 창밖으로 눈길을 주었다. 가와고에 밤하늘에 별들이 반짝반짝 아름답게 빛나고 있었다.

별빛이 지구에 닿기까지는 오랜 시간이 걸린다. 몇십 년, 몇백 년, 몇천 년을 여행해서 도착하는 빛이다. 출판사에서 일했을 때는 별을 바라볼 여유 따위 없었다.

포가 동료들에게 이야기를 한다.

"고양이 목걸이를 건 기념으로 커피를 내려줄게. 마게타와 유리가 마셔도 괜찮은 커피다."

"고맙습니다요."

"마셔주지. 어서 커피 내려."

삼색 고양이와 러시안 블루 고양이가 대답했다. 이제 고양이가 아니라 사람의 말을 한다.

뒤를 돌아다보니 벌거벗은 미남의 숫자가 늘어나 있었다. 구루미가 까악 소리를 지르고 마치 약속했던 것처럼 미남으로 둔갑한 고양이들이 허겁지겁 옷을 찾아 입었다. 그리고 포가 커피를 내려주었다.

"마시멜로 커피야."

까만색 커피에 하얀색 마시멜로가 둥둥 떠 있었다.

맛있을 것 같은 향기에 이끌려 구루미는 마시멜로 커피를 마셨다. 서서히 녹기 시작하는 마시멜로 덕분에 달콤했다. 폭신폭신한 식감이 부드럽고 기분 좋게 느껴지는 커피였다.

"너무 맛있습니다요."

"흠. 애들이 마시는 커피잖아. 뭐 그래도 나쁘지 않군. 한 잔 더 마셔주지."

마게타는 뛸 듯이 기뻐하고 유리는 콧방귀를 뀌었다.

"내가 내린 커피가 맛있는 건 당연하지."

겸손이라는 말을 알지 못하는 포가 대꾸했다. 포의 목에는 빨간색 고양이 목걸이가 둘러져 있다.

카페도 인생도 지금부터 시작이다.

야옹, 야옹, 야옹.

한밤중에 들려오는 가냘픈 고양이 울음소리에 문을 살짝 열어
보았습니다. 어미 고양이에게 버림을 받았는지 연한 갈색 줄무
늬 새끼 고양이 한 마리가 애처롭게 울고 있었습니다. 그 모습이
처량하고 안쓰러운데 또 너무 귀여워서 저도 모르게 살포시 안
아 들었습니다. 황급히 새끼 고양이를 집 안으로 들고 가서는 샴
푸로 깨끗하게 씻기고 보드라운 털을 드라이어로 말려주었습니
다. 갑작스러운 상황 변화에 몹시 놀란 듯 새끼 고양이는 두려움
에 가득 찬 눈으로 바들바들 떨고 있었습니다. 그 모습을 보며 저

역시 당황하지 않을 수 없었습니다. 한없이 미안한 마음에 우유를 따뜻하게 데워 주었지만 새끼 고양이는 할짝 하고 맛을 한번 보더니 더는 먹지 않더군요. 괜한 짓을 한 것 같다고 후회하는 사이에 저도 새끼 고양이도 슬그머니 잠이 들어버렸습니다. 새벽녘, 바깥에서 들려오는 몹시 화가 난 듯한 고양이의 울음소리에 잠이 번쩍 깨었습니다. 어미 고양이가 새끼 고양이를 찾아 나선 모양입니다. 그제야 버림받은 고양이가 아니라는 사실을 깨닫고 얼른 새끼 고양이를 안고 밖으로 뛰쳐나갔습니다. 그리고 미안하다는 말과 함께 어미 고양이 앞에 새끼 고양이를 놓아주었더니 고양이 가족은 그 길로 자취를 감추어버렸습니다.

검은 고양이 카페를 번역하면서 그때 기억이 되살아났습니다. 비슷한 듯 굉장히 다른 기억이기는 하지만요. 주인공 구루미는 산책을 하다 위기에 빠진 검은 고양이 포를 구해줍니다. 포는 사람으로 둔갑할 줄 알고 향긋한 커피도 내릴 줄 아는 신비한 능력을 지닌 건방진 미남 고양이입니다. 둘이 아웅다웅하는 사이에 카페 멤버는 점점 늘어가고 크고 작은 상처를 갖고 있는 사람과 고양이는 서로 의지하고 도우면서 상처를 치유하고 진짜 식구가 됩니다. 어쩌면 사랑하는 사이가 되었는지도 모르겠네요. 재미

난 에피소드에 때때로 피식 웃음이 나기도 했습니다. 아는 사람은 다 알고 있을 정도로 고양이란 생명체는 참으로 귀엽고 사랑스러운 존재입니다. 고양이의 매력을 알고 있는 분은 이미 행운아입니다. 하지만 아직 늦지 않았습니다. 이 소설을 읽으면서 어느새 당신은 고양이에게 매력을 느끼며 사랑에 빠지게 될 테니까요. 고양이의 세계로 어서 들어오세요. 이제 당신에게는 행복한 나날만이 기다리고 있을 것입니다.

안소현